糖衣炮弹

因为你可爱，
所以我投降。

可爱的向投降你

翎春君 著

长江出版社
CHANGJIANGPRESS

漫娱图书

目录 └('・∧・')┘

早餐，搭配
甜甜的故事，
今天的你在
我心上哦。

NO.1 心上人

十五岁的时候，虎妞妞家的村子发生了蝗灾，那些带牙的小畜生将一整年的庄稼啃得干干净净。

娘饿得站不起身，小弟弟嘬不出乳汁来，就呜呜地哭着，爹没法子，抽了一袋又一袋旱烟，还是虎妞妞自己跑去跟他说："爹，上回王二叔不是说有人瞧上我了吗？你就让我去了吧，再怎么着，也不能一家子坐着等死啊！"

爹头一次对她犯了横："你给我出去！死丫头，究竟你是爹还是我是爹？"

这丫头懂个什么？看上她的，是皇城里的一个"杀人不眨眼"统领。

自己疼了十多年的妞妞，再怎么也舍不得往火坑里推啊！

虎妞妞一扭身，自己去找了王二叔。

"左右都是嫁人，牺牲自己，给爹娘求条生路，但有一条，我嫁了就是人家的人了，您要是狠命在中间捞油水，我就让那家老爷整治你！"

十五岁的乡下小姑娘，像只没来得及长大的小牛犊。

二两银子，就把自己嫁了。

02

宁安进来的时候，虎妞妞趴在凳子上瞧那个西洋钟，钟摆一晃一晃的，特别好看。

宁安哼了一声："没规没矩的！"

虎妞妞就从椅子上爬下来，恭恭敬敬地叫了一声："老爷好！"

她没盖盖头，圆脸蛋、大眼睛，瞧着干净而又喜庆。

宁安之前就相看过一回，本朝以瘦为美，他自个儿就瘦得在衣服里晃荡，但他偏偏就喜欢结实漂亮的姑娘。大概是进宫之前饿的，这样的姑娘会让他想起丰年的稻穗，饱满且喜悦。

宁安坐到床边，摆足了老爷的谱："我知道你心里不痛快，但是既然嫁了我，就得规规矩矩的，别把你们庄户那些毛病带到家里来。"

"我没不痛快啊！"虎妞妞说。

宁安瞪了她一眼："这头一个规矩，就是我说话的时候，你别插嘴！"

"是，老爷。"

"我平日在宫里当差，一个月就回来四回，这宅子……"

宁安自己个儿的工作就是听主子们吩咐，时常就怕自己理解不到位，所以自己吩咐起人来特别啰唆，从怎么跟管家说话到屋里花瓶怎么擦，啰里啰唆说了整整两个时辰。

虎妞妞本来是站着听的，说着说着，就"扑通"一声倒下来了。

宁安吓了一跳："哎哎哎！你干吗啊你！"

"老爷，我饿了。"

这是实话，虽说庄户人家身体好，但任谁三四天就喝了口稀粥，都熬不住。

宁安气得脸都变了形，生气地道："你这……你这个……你这要是在宫里边……人头都落了不知几回了，我告诉你！我……"

他说着说着就住了嘴，眼见着姑娘小脸煞白，眼睛里好像还有了泪。

"那……你，那你想吃点啥啊？"

03

虎妞妞一天能吃六大碗饭，宁安看得一脸蒙。

"老爷，您别嫌我吃得多，我能干活啊！"

"你能干啥活！"宁安忍无可忍，"还有吃饭的时候能不能不说话！

006

这饭粒都快喷我脸上了！"

"哪有啊！老爷，不是我说，你成天忒矫情了。"

宁安想揍她，但一想，这本来就没指望她干啥，白白胖胖地养着多喜庆，这一揍连喜庆都不喜庆了，更亏。

宁安也就在家待了两天，就去当值了。

尽管他在宫里做的是见不得光的营生，但大喜一回，总得给底下的人散点红包不是？

"听闻宁副统领几天前安了个家？"

"啊！"宁安嘴上含含糊糊地应付过去，心想，"安家……添了分堵吧？"

这群家伙顿时露出了笑容："恭喜副统领，以后夫妻恩爱、琴瑟和鸣……"

琴瑟个啥，那丫头长得跟年画娃娃似的，能干啥？

大家看他面色不悦，就不敢说话了，要知道这位，位高权重又阴晴不定，一不小心得罪了可就吃不了好果子。

几天后下了值，出了皇城，有轿夫在宫门口等着，见他来了就殷勤地问："爷，您去哪个宅子？是东小门那个还是回家？"

宁安一会才反应过来，自己已经是安了家的人。

"回家吧！"

到家天已经晚了，不远处还有个灯亮着，黑灯瞎火的，还没等看真切，就见一个小人扑上来了。

"老爷！我就知道！我就知道您今天回来！"

你知道什么，也有可能我今儿就睡在宫里了呢？宁安心里想。

屋里摆了菜，有整只鸡炖的汤、肘子肉、虾皮蛋羹、大白面馒头。

"这是啥？能吃吗这！"

"我做的，好吃着呢！老爷，我爹说人吃得太精容易瘦！以后我给你喂得胖胖的！"

宁安心想谁能跟你这个婆娘比，吃啥都像吃饲料。但是他还是坐下吃了起来。

虎妞妞吃个饭，嘴也不闲着，讲她这几天都买了什么东西，干了什么活儿，还说街边的哈巴儿狗挺凶，后院的老槐树老是掉叶子。

宁安不爱说话，但也没打断她。

他六岁进了宫，吃饭得看主子爷的时间，总像打仗，后来做了暗卫，更是吃什么都没胃口。

这样热乎乎地、饱饱地吃一顿，很久没有过了。

安个家虽然真是没啥用……但好像也挺好的……

04

宁安为人特别小气——干他们这行的，都靠主子指甲缝里掉钱，如果不细致点，怎么发家。

虎妞妞却总是往娘家运东西，也不是什么好东西，无非就是些黏豆饽饽啦、玉米面啦。

运多了宁安的脸长得跟马脸一样。

家里的丫头就讨论："你说老爷会不会跟奶奶生气啊！"

"不能吧，奶奶不是知会了老爷吗？"

"可是老爷是那么个针鼻儿削铁的细致人儿……"

虎妞妞也知道，所以特别殷勤地给宁安盛饭捶腿。

"老爷，我再给家里抓一把黑豆，就再也不往娘家送东西了。"

宁安就生气："你怎么连黑豆都往家送？那是马料！你家养马吗？"

"您不知道，黑豆吃了胀气，再喝点水，能饱好一阵儿呢！饥荒年，连地皮菜都是好东西呢。"虎妞妞说。

"在咱们家是马料，可是在我们村可是一条人命，我这是拿府里不用的这些替您行善积德啊！"

"你行善积德跟我有啥关系？"宁安还是气。

"这话说的，您是我相公啊，我行善积德，福报还不是应在您身上！村里的人都羡慕我嫁得好呢！

"你有钱，人长得好看，还心善，哪儿找这么好的人去。"

"他们……真说你嫁得好？"

"真的呀！"

宁安"哼"了一声，说："少油嘴滑舌的。"

出了门，反手就给管家一记白眼。

"奶奶回娘家！你就不会给买点肉啊！"

05

宁安总三更半夜地替主子办事。

当然他现在也不亲自办了，勾勾画画之后，等着手底下回信儿就得了。

主子爷近日生了重病，只有出气没有进气，底下的王爷们纷纷坐不住了，就连宁安这样的人也有的是人巴结。

宁安知道他该为自己想条出路了，暗卫的总管宁方前几天去跟四王爷手底下的幕僚吃了个饭，算是站明立场了。

宁安坐立不安的，干他这行的，没几个能善终的，如果不早作打算只会死得更快，但主子还在，他知道主子多疑的毛病，因此不管是四王爷还是八王爷的人宴请，他都没敢去。

他知道，这在别人眼里，就叫不识抬举。

在这当口啊，虎妞妞长大了一点，虽然还是那个年画一样的姑娘。

他们院子一共没几个人，日子却让她过得热热闹闹的，一会儿栽花，一会儿种树，总没个闲着的时候。

宁安总是半夜起来回宫当值，虎妞妞就在旁边探出个小脑袋："老爷，快过年了，你要是得了空，陪我去置办点儿年货呗！"

"我天天忙的可是掉脑袋的事儿，哪有工夫陪你啊！"

"脑袋，脑袋，脑袋！你成天把脑袋挂嘴边，多不吉利啊！"虎妞嘟囔，"我自己去就是了。"

她起身想伺候宁安穿衣服，宁安连忙把她按回被子里："祖宗，外面冻死人的天，你钻出来做什么。"

"你不说这是规矩吗？"

宁安想想，骂了一句娘，自己这辈子还真没享着什么福，在外面伺候了主子半辈子，娶了个媳妇儿还冷不得、累不得的，不由得嘟囔起来："我这命也太苦了！"

"瞎说！"虎妞不乐意了，"您放开我，我伺候起人来不比您差！"

"姑奶奶你就睡吧！"宁安把被子掖得风雨不透，才起身来，"谁让我乐意呢！是吧？"

他穿上她做的大衣和棉裤，她在里面加了层厚棉花，就算暴雪天也抗得住风寒，戴上她做的皮帽，朝深夜里走去。

平日里没觉得什么，现在有个牵挂的人，就算这数九寒天，心窝也有一块是暖的。

06

主子已经觉察了王爷们的动向，因而越发高深莫测、不动声色起来，只在宁安回禀这几日情况的时候，突然问了一句：“听说四王爷手底下的穆先生，请你去听戏？怎么没去？"

宁安的冷汗已经冒了一背，恭恭敬敬地答：“穆先生抬举，请臣去紫竹园听戏，可是臣听弄玉园的戏听了半辈子，改不了了。"

主子没搭话，也不知道是满意不满意，宁安十岁跟在他身边，如今将近二十年了，也摸不准他的脾气。

这几日过得凶险，主子再横也是迟暮的老鹰、没牙的老虎，甭说会不会因为这份忠心护着他，就是想护，也护不动了。

宁安下值回了家，路上还买了个兔儿爷，她就喜欢这些小孩子的玩意儿。

他不愿意把外面那些刀啊血啊往家带，她就应该坐在烧得暖烘烘的炕头，鼓捣鼓捣自己的事儿。

宁安觉得这不是什么情啊爱啊的，他哪儿能想这些，就是愿意养着她、哄着她罢了。

结果一到家，满院的丫头都哭哭啼啼的，见他就扑："老爷，奶奶……奶奶好像不好了。"

宁安脑袋"轰"的一声，推开众人，就见到她脸色苍白地躺在床上，手里还攥着个没纳完的鞋底，气息弱得都快没有了，一屋子哭天抹泪的。

宁安急了，尖叫起来："别哭了！谁说说！这到底怎么回事儿！"

管家抹了把泪："今儿外面有个货郎过来，奶奶说想给老爷添点儿东西，就出了门，回来好好地坐这儿说冬天买皮货的事情，谁知道一栽头，人就这样了。"

宁安这心，烈火烹油一般，他知道她是中毒了，这是他干惯了的营生，他千防着万防着，也没想到居然有人把心思动在她身上。

宁安也顾不上旁边管家在说什么，只留下一句"照顾好奶奶"，转身就跑了。

07

虎妞妞再次醒过来，已经是半夜了，她觉得喉咙干得发痒，想撑起身来喝水，手一动，就被宁安握住了。

那一点儿如豆灯光映着宁安的脸，他眉眼清秀，比村子里的秀才还好看。

当时成亲的时候，她就想：明明是个暗卫，为什么生得竟如此好看。

"醒了？"宁安喂她喝水，阴阳怪气地数落，"下回还见着货郎就不要命了不？不穿大衣就往外跑，活该你病这一场。"

虎妞妞可怜巴巴地摇摇头。

"你醒了，我也该走了。"

"你干吗去？"

"宫里当差。"

"那你还回来吗？"

宁安怔了一下，很快笑了："又说什么傻话？我不回来去哪儿啊？"

虎妞妞摇摇头，抱住他的腰："你别走。"

"这可不是撒娇的时候啊！"宁安去掰她的手，她死活不放，他就只能就势坐下来，抱着她，她的头发真黑，像缎子一样，这些年被养得白白胖胖的，抱着又香又软。

"正好我还有些话要嘱咐你，你看见这枕头没？这里面啊，放着我这些年的地契和房产，还有西院那个地窖里，有我放的三百两银子，你啊，之后就……"

"别说了，"虎妞妞又没规矩了，她哭着抱着他，"你别走，我一个人害怕。"

宁安停下了啰唆，最后亲了亲她的发顶，想了很久，才问出口："妞妞，我本来也没想着问这个，但是……临了，你让我明白一回，这么些年，你把我……你把我……"

"我把你当我男人、我丈夫、我老爷，"虎妞妞说。

"我知道你心里想什么，我不傻，我爹娘跟我说，暗卫狠戾，还爱折腾人，可是我就想，我用真心真意暖着你、敬着你。

"你不会感觉不出来的，就算你是个恶人，那也是我应受着的，毕竟你救了我们一大家子人，可是我命好，我拿真心对你，你也拿真心对我……这不是夫妻什么是夫妻？这辈子，我只认你这一个男人！"

自从六岁那年，宁安被送进宫，就再也没流过眼泪，可是此刻就跟开闸了一样。

他紧紧地抱着怀里的小姑娘，心里想，甭管真的假的，有这句话就知足了，我何德何能……何德何能呢。

宁安之前听人说"心上人"这几个字，只会浑身起鸡皮疙瘩，那不过是戏文里才子佳人的唱词，与他这样人没什么关系。

可是她昏迷不醒的时候，他才知道，原来心上人的意思，是这个人跟你的心窝连在一起，她疼时，你的心就跟着疼。

她醒之前，他在王府外跪了整整三个时辰。

进府的时候，四王爷和宁方统领冷笑着等在那儿，宫里的人都已经被买通了，他早知道要变天了，可是不知道天要从他手里变。

"主子最信任的还是你，现下你动手，一条命换你们家夫人一条命，安副统领，你赚大发了。"

他知道，无论事成败与否，他都必死无疑。

临到头，他也只有一句话可说："先把解药给我，她是个乡下丫头，逃不了的。"

"没想到这人还是个多情的种子！"

"哈哈哈……估计是被那小娘们儿伺候得舒服。"

在众人的嘲讽声中，他一步一步往外走去，门外，雪下得那样大，可他竟不觉得冷。

大概因为，心有牵挂吧！

他是一个上不得台面的人，可是他心里住着的那个人，是那样干净，那样好。

他自己便也贵重起来。

08

"后来呢？后来呢？"

"后来宁安还是走了，这一走，就再也没有回来，宫廷政变，龙颜大怒，皇帝将四王爷一党抄斩，至于里面的某个统领，自然是没人记得了。"

"骗人，那你怎么知道这些事呢？"

"那是我祖爷爷啊！"

女孩听着男孩侃大山，听得一愣一愣的。

男生得意扬扬，道："我祖爷爷当年出了门去，听说是有个什么奇遇，得了高人指点，愣是从死路里杀了条生路出来，非但没弑君，还和老皇上演了一出戏，里应外合，愣把那四王爷一党蒙住了，瓮中捉鳖！"

"真的假的，他怎么那么大胆子。"

"不是那些个才子英雄才懂浪漫，知道不？我祖爷爷临走之前，我祖奶奶倚在门框上，跟他说了一句话，我祖爷爷才发了狠。"

"后来我祖爷爷便带着我祖奶奶远离朝堂，归隐乡间，做了一方财主，再后来收养了我太爷爷……这我们家族谱上都写了。"

女生一边擦着眼泪，一边骂："我信了你的邪！说得跟真的一样，几百年前的事儿，你怎么知道她倚在门口？万一人家是坐着呢！"

"不知道为什么，我就是知道，我看了族谱记着的这些，心里头就有个画面，有个女人倚在门口，隔着好大的风雪看着我，她脸色苍白，但话却说得掷地有声。

　　"既然这辈子跟老爷做了夫妻，生死我都等你回家。"

END

故事和早餐都挺甜，但是你心上就算了，顺便去把你的鸡爪字练下……

NO.2 红少爷

01

第一次知道红少爷的故事，是在 2016 年的冬天，那时我刚被一个妞甩了，一气之下辞了工作，跑到中国北方可以看雪的一个小城疗伤。

我爸妈都在美国，没人管我，况且这里房租极其便宜，几百块钱就可以住一个独门独栋的老房子的阁楼。

房东是一对老夫妇，就住在楼下，俩人八十多岁了，身体还挺硬朗，一顿能吃一只鸡。附近住的都是这样的老头老太太，他们都是土生土长的本城人。

他们见到我的时候，无一例外地惊讶道："真是奇了怪了！这孩子长得，简直和那个谁是一个模子刻出来的一样。"

那时候我还不知道他们说的是谁，也懒得知道，我每天足不出户，把所有的时间都用来给那个离开我的姑娘写情诗，写得面黄肌瘦，形销骨立。

老头有每天早起晨练的习惯，房东老太太见不得我每天在阁楼上待着，扯着我的耳朵叫我去跟他们一起打拳，房东老头因此很高兴，打完拳去菜市场抢菜的姿势都特别勇猛，有人问他："老王，又带你孙子来买菜啊？"

他就笑，也不搭茬。

被默认为老头的孙子我并不亏，老头打拳的时候，身上是带着真功夫的，一举一动都特别有气势，就是不大耐心。

我若是跟不上或是露出什么疲软的架势，老头骂人的声音能把几百米外的老太太喊醒："你个小东西！又偷懒！这拳打成这样，你也配像红少爷？！"

我挺委屈，我要是真是他孙子，被摔打到二十来岁，恐怕也是一位能人了。可是我并不是啊，那个时候我还以为，红少爷是他孙子。

后来我发现，红少爷不是某个人的熟人，而是这群老人或者说是这代老人共同的一个回忆。

这个人长得又和我有几分相似，因此他们半个世纪前的回忆被唤醒了，动不动地，他们就会笑骂着提到红少爷。

"你还怕这东西！红少爷像你这么大的时候，自己都能打头野猪了！"

这是某个老太太替我赶跑一头朝我狂叫的小泰迪时说的。

"干啥呢干啥呢？行了！小祖宗，我背吧，红少爷要是看到你这样，气都气死了。"

这是我替一个老头提煤气罐上楼的时候，他气急败坏地叫出来的。他认为我的龇牙咧嘴完全来自我想偷奸耍滑，和那玩意儿整整二十斤一点儿关系都没有。

我从他们的只言片语中想象出一位这样的少年，他力大无穷，聪明机警，明朗得像一个生机勃勃的太阳，戴着狗皮帽，骑着枣红马跑过这座城市，跑过这群老人共同的青春。

我顶着一张书生脸，瘦得像麻秆儿，在南方尚算中等身材，来到这边，完全可以称得上瘦小了。

这样的形貌不仅和英雄扯不上什么关系，还有几分男生女相的感觉，那个甩了我的女孩就曾经跟别人吐槽过，她觉得我这种长相给不了她丝毫安全感。

我因此对红少爷慢慢有了兴趣，我想把他的故事写下来告诉她，不能以貌取人，后来有一次看所有老人都在那里乘凉，我就去问房东老头："爷，红少爷到底是谁啊？"

老人们笑起来："哟，你孙子打听红少爷呢！"

房东老头的表情很纠结，似乎又是想笑，又想立刻板起脸来。

我赶紧说道："爷，我不是个写书的人吗？听你们老提，我想把他的故事写下来。"

"写红少爷啊！"

爷爷奶奶们摇着蒲扇，似乎陷入了某种遥远的记忆。

"那可有得写了。"

02

当时这城里有个土匪，叫花脸狼，二十几岁就带着兄弟占了山头，后来竟成了气候，成了地方一霸。

这红少爷，就是他们家的少爷。

七十多年前的秋天，夕阳西沉，少年骑着枣红马，守在山林外。突然，远处发出震耳欲聋的咆哮，树木倾倒，一头野猪发了狂一样跑过来，几只狗不断狂吠着纠缠着它。

少年"啪"地拉开枪栓，那野兽低吼着摆脱了猎狗，朝少年的方向冲去，一时间，惊呼声四起："红少爷小心！"

然而少年不退反进，拍马疾行，快得像阵风，把人声和狗吠抛在身后，谁也看不清他离野猪有多近，只知道他抬手就是两枪，正中那野猪的胸膛。

那野兽与他擦肩而过，应声倒在地上抽搐了两下，终究没了声响。少年翻身下马，清秀的脸终于露出一丝自得的笑。

围猎野猪的人群兴奋地聚拢过来：

"红少爷猎到山货了！"

"恁大个野猪！红少爷一枪就毙了命了！"

少年被众人举起来，高高地抛在空中，他的脸上溅了野猪血，那是胜利者瑰丽的图腾。他扬起下巴，得意地看着人群外一个骑黑马的青年："怎么样？小虎子！我十六岁就猎了第一头野猪了！比你强！"

"德性！"青年懒洋洋地笑着，"这二十几个人，十多条狗，陪你耍了三四天才猎到这么个玩意儿，你当你脸上有光啊！"

少年急了，又不知道该怎么反驳："那，我，反正，那下回你们都不许跟着！"

瘸老张是跟着司令占山头的老人，一听这话不得了，赶紧打圆场："这猎野猪哪儿有一个人的？司令和少爷打猎的时候，咱们不也跟着吗？要我说，红少爷这一手枪法，不比老爷子当年差！"

红少爷一听，眼睛亮了："真的吗张叔？我枪法真的不比我爹差吗？"

"张叔啥时候哄过你啊？瞅瞅，这野猪不刚在你手里断了气吗？"

红少爷顿时美得不知道怎么好，那青年就嗤笑一声："你就听他哄你吧。"

他把红少爷扛起来扔在马上，自己也上了马，喝令："收拾收拾，红光子落山前回去。"

"是，少爷！"

红少爷坐在高头大马上，天边的夕阳美到悲壮，晚风呜呜地吹着，只觉得不能再畅快了。

"冷吗？"

"有点儿。"

身后的青年抖开一张斗篷，给他围上："到家喝点酒就好了，快走几步？"

"好！"

青年夹紧了马肚，奔马像一阵旋风似的跑起来，山林、落日、扛着野猪的热热闹闹的人群，都被抛在脑后，只有猎猎的风声作响。

"你说的话——得算数！"

红少爷还记挂着什么，青年笑笑，说了句话，但被山风吹得听不清，红少爷追问："啥？"

结果刚一张嘴，就被灌了一肚子风，再然后就被青年捂住了嘴。

也只得意了一会儿的功夫，刚到家门口，俩人就撞见了正要出门的沈司令。

沈司令是土匪出身，后来被招了安，安上了司令的头衔，每日里在军营里操练着弟兄们："立正！稍息！"

回家了也不闲着，远见着两个惹祸精过来，立马觑着肚子摆起谱来："立正！"

红少爷连滚带爬地从马上滚下来，站得笔直，青年也下马，立正。

"这大冷天的，你们两个小兔羔子又干啥去了？"

俩人还没搭腔，后面扛着野猪和野味的人就过来了，瘸腿张老远就喊："大当家的，红少爷今天猎了头野猪！"

沈司令伸手就打了青年一巴掌："真没规矩！你又带他去野！"

"您这话说得，好像我乐意带着他似的，我这刚到家，气儿还没喘匀呢！他就扯着我猎野猪，我有啥办法？"

沈司令气得回头就要打，可是看着红少爷可怜巴巴的小模样，打坏了可惜，把蒲扇样的巴掌放下了："回头让你娘削你，往死里削，我告诉你我可不拦着！"

然后又气沉丹田地朝青年吼起来："他小！你也小啊！不知道野猪那玩意儿性子野啊！把你俩顶个透心凉，倒霉的是我！"

青年扯扯嘴角，也只能小声来一句："也不知道谁是亲生的。"

"你又嘟囔啥？"

"我说，是！司令！"

年关将近，沈司令这浑身的事儿，也没空跟他俩计较，觑着肚子走了，还不忘骂瘸腿张："咋还不把野猪皮剥了？"

瘸腿张还挺茫然："剥皮干啥啊……"

沈司令这一怒非同小可，差点一巴掌打过去了。

"我儿子十六岁打了野猪！还不得给人看看啊！不剥皮我吹牛的时候拿啥说！啊？"

03

老头们还在讲那些野猪、狐狸、山神爷（老虎），那古怪的鸟叫和漫山遍野的坟头。我却忍不住打断了："爷爷，那红少爷到底是不是花脸狼的儿子啊？"

房东老头摇着蒲扇："听我爷爷说，这花脸老沈也是一代英杰，就一个毛病，子息不旺，年近四十了，还只有一个孩子。大名叫沈汉之，小名就叫虎子，那才是咱辽城正儿八经的少爷。"

"那红少爷是怎么回事儿？"

"说有一年沈夫人带着儿子回娘家，被老沈的仇家给暗算了，带的十多个人死了个干净。那沈夫人也是个有排头的，江湖上还有个诨名叫白狼三娘，生生带着儿子逃出一条生路来。

"可谁知道阴沟里翻船，她一脚就踩雪洞里去了，数九寒天的，那是要命的事儿，也是沈夫人命不该绝，晚上正好有个小乞丐路过，把讨来的吃的，都给了沈夫人娘俩，还去给花脸老沈报信儿。

"结果沈家非但没有散，还兜头把那伙人一锅端了，据说沈夫人出来就一句话，那娃以后就是我亲生儿子！这就是后来的红少爷。"

"爷，那你咋知道的呢？"

"我咋知道的，那瘸腿老张啊，就是我爷爷。"房东老头笑。

"还挺惊心动魄，那为啥你们不提那正牌的沈汉之，老提红少爷啊？"

"沈汉之……"房东老头眉飞色舞的神情暗了暗，说，"没什么可提的，年纪不大就出国去了，让他爹惯得服服帖帖，没什么意思，倒是红少爷……"

倒是红少爷，被宠成了辽城最明亮的少年，他骑马打猎，也喜欢新式的玩意儿，骑着自行车满大街地溜达。

若是遇到欺男霸女的行当，当即便出手教训了，最让人津津乐道的是他那一手好枪法。

据说当时有伙盲流子绑了一家掌柜的独子，要五百块现大洋，不然就撕票。

红少爷当时隔了一百多米远开了三枪，一枪崩死一个贼首，最后人到了地儿，那帮贼人是跪着迎人的。

那天晚上，是我来以后老人们最开心的一个晚上，他们讲他们的红少爷，红少爷的俊俏，红少爷的英武，红少爷十六岁就能打野猪，沈司令把野猪皮挂在门口，一敲就咣当咣当地响……

04

没人肯再理我了，这时候正好房东老太太叫我："明啊，过来给我拿东西。"

我就颠颠地过去了，她拿了一大盘子瓜子、地瓜干、山楂条什么的让我给老爷子们送去，我回来的时候，她一边洗碗一边让我去拿水盆里泡着的西红柿。

"他们聊什么呢这么起劲儿？"

"聊红少爷，就跟我长得特别像的那个。"

老太太的手停下来，碗面上溜过一滴水，吧嗒地落在水池里。

"红少爷啊……"她笑着叹了口气。

"咋啦？奶，你年轻时候，不会跟他有点啥吧哈哈哈？"

房东老太太差点拿碗砸我了，我赶紧说道："红少爷不是那时候你们全民偶像吗？肯定全城的妞儿都想嫁给他吧……"

房东老太太"扑哧"一声笑了，不知在想什么。一会儿，擦干净手，突然说："明啊，你想看看红少爷的照片吗？"

"啥？你咋有他照片呢？"

"当年在圣诺亚女中的时候，我们是同班同学。"

"啥？啥？"

05

"看我不打你！让你野！"

红少爷像被火烧了屁股，满屋子乱窜，沈夫人拿着鸡毛掸子在后面追。

沈汉之见过分了，就拦着："妈，你跟这东西置什么气？再说了，不就是去打个猎吗？我当年也没见您……"

"她能跟你这大小伙子比？一个女孩儿家！就知道每天往外野！我看你是不想好了！"

"妈！你小点声！"红少爷不乐意了。

"你爹惯着你，你还真魔怔是吧！你是个女孩家还不让人说了！嫁不嫁人啦！啊？"沈夫人更生气了，手一快，活猴儿一样的红少爷就结结实实地挨了几下。

"小虎子救我！"她这下是真的尖叫起来，像只树袋熊一样往沈汉之身上爬。

沈汉之把她托起来——这孩子真重，一看就是平时没少吃肉，笑吟吟道："叫谁呢你？叫哥，叫哥我就救你。"

"你大爷……哎哟，哥哥哥哥，好哥哥救我！"她又生生挨了几下。

沈汉之就把她举起来，放在肩膀上，沈夫人打不着，恶狠狠地抽了儿子几下才罢休。

"行了妈，她到现在还没吃上饭，你就让她吃点东西去吧。回头打，回头打哈！"

他扛着红少爷，转头就跑，被沈夫人一把拦住。

"穿鞋！"

她瞪了那不知好歹的小东西一眼，然后把棉鞋套在她脚上。

06

那年，沈夫人在雪洞里抱着儿子等死的时候，洞口探出一张脸。

那孩子黑黑的，满是脏污，圆眼睛亮亮的，大声叫道："姨！你是不小心掉进去了吗？"

沈夫人喜从中来："对对对！孩子，你有吃的吗？你能给姨往家里送个信吗？好孩子，姨给你糖吃，还给你好多现大洋。"

小孩给她带了馒头，还不知道从弄来几件破衣服，让她裹着驱寒，不过送信之前，小孩犹豫了一下。

毕竟那时节沈家还住在山上，离这里百十里路，沈夫人怕他反悔，赶紧说："孩子你放心，姨说话算话！给你好多钱！要多少有多少！"

"不是，我不要钱，就是……"小孩犹犹豫豫地开口了，"就是完了之后，你能抱我一下吗？"

他指指沈夫人怀里的沈汉之："就像你抱弟弟那样，我没有娘，我想知道，是什么滋味。"

刚才还虚弱得说不出话的沈汉之马上炸了毛："谁是你弟弟？我大！我大！"

沈夫人一巴掌扇过去，对小孩说："孩子，从今天起，我就是你娘。"

那个时候，他是个自小流浪的小乞丐，没人知道他多大，也没人知道他是男是女。

接到府里后，他像个小豹子一样，充满活力又招人喜欢，很快就把沈府大少爷沈汉之的位置夺了去，坐上沈家第一受宠的交椅。

他打架厉害，不服输，人还没有枪把高就练就了一手好枪法，那时候还不是沈司令的沈花脸美得不知道怎么办好，觉得老天爷疼自己，这儿子比他亲生的那病秧子像自己多了。

于是他领着这孩子骑马打猎，红少爷那一手好枪法，就是这个时候练出来的。

可惜养了几个月，沈老爷才发现一个让人悲痛欲绝的事实。

这儿子，居然是个女娃。

红少爷不让人给自己洗澡，她又天生精力充沛，虎头虎脑的，自然让人觉得，这就是个小子。

可是真相就是这么残酷，这孩子竟是个女孩儿。

红少爷被发现了，臊着脸吼："我是女的咋啦？我不比男的差！"

所有人都瞠目结舌，沈花脸一拍桌子，看红少爷哭唧唧的样子，就大吼："女的……女的也是老子的大儿子！"

于是红少爷就这么糊里糊涂地长到十六岁，长成了辽城的第一少年郎。

如果不是个子矮，八成还是城里所有少女的春闺梦中人。

不过养子终究还是养子，沈汉之比他早上了两年学，念完私塾就被送到国外去了，自此年节才回来，红少爷一直在本城念到十六岁。

07

红少爷骑在沈汉之宽阔的肩膀上，威风得不得了。

"去厨房！我要吃肘子！"

"德性，我看你像肘子。"

沈汉之懒洋洋地扛着她回了自己屋子。

"哎你干啥你干啥？"

"我给你个好东西。"

他从箱子里拿出一个漂亮的盒子，上面印着长肉翅的小美人，红少爷知道这是西洋的玩意儿，眉开眼笑地接过来："这是啥？"

沈汉之点了烟，笑："自己看。"

她打开，满满一盒子西洋果子，做成小人儿的形状，漂亮得让人睁不开眼睛。

"真好看！"

她吃得腮帮鼓鼓的，沈汉之看她吃，自己也笑。

"还有个东西要送你。"

"什么？"

沈汉之往后一仰，躺在床上，指指枕头旁边："你自己去拿。"

红少爷以为是吃的，连忙跳到床上手脚并用地打开，发现是一包衣服。西洋式的小裙子，白色的，裙摆上是大朵的蕾丝。

"要死啊你！"她像被什么东西蜇了一下，连忙扔了。

沈汉之撑起身，从她后面伸过手臂，拿起裙子比在她身上："明年你就出去读圣诺亚女高了，该有件像样的衣裳。"

"我不去读女高！你说了！要是我猎了野猪，就带我去美国！你答应的！"

"美国早晚要去的，不着急一时。"他环住她，轻声在他耳边说，"穿上试试，我想看。"

"这么女人的衣服，你自己怎么不穿？"红少爷恼了，下床就要走，沈汉之别住她，她反手就是一拳头，两人真刀真枪地过了几招。

俩人是一个师傅教的功夫，沈汉之身体弱，一向是不如红少爷的。可是不知怎么回事，去了国外两年，竟然真把红少爷制住了，他笑问："服不服？"

"不服！不服！"红少爷叫嚣。

沈汉之就挠她痒痒，她素来怕痒，挣扎了几下就撑不住笑起来："我服了服了，别闹了。"

"叫哥！"

"没门！"

她穿着男孩儿的短衫，脸色绯红，一双眼睛水汪汪的，沈汉之不知道怎么地就想起猎野猪的时候，她脸上带血的那个回眸，艳色逼人，让他从头到尾地发起热来。

红少爷以为他还要再挠，没想到他静下来，一双墨色的眼睛就这么沉沉地看着她，让她心慌。

"行了——别闹了，怪饿的——"

"你跟了我吧。"他说。

这下红少爷是真的恼了，反身推开他："又犯病了，我跟你说什么来着，再说一次这个话我就揍你！"

她还没说完，他的吻就落下来，狂风暴雨一样，任她怎么挣扎都躲不开，直到她将他嘴唇咬出了血，他才将她放开。

她抬手就是一巴掌，用了十足的劲儿："我不是粉头！"

她头发散了，挣扎得太过衣服也乱得不堪，眼角发红，沈汉之只觉得心加倍痒起来了。

伸手就制住她的手腕，再次把她压倒床上："你再说一次这话，我马上就娶了你！

"谁把你当粉头？我告诉你！你是我的女人！你耍什么横我都惯着你！只有这一条不行！"

两人对峙的时候，突然有个声音怯生生地传来："少爷……红少爷……夫人问你们俩怎么还没去吃饭？"

门口站着一个吓傻了的小丫鬟。

红少爷一把挣脱他，转身就跑，跑到门口突然停下里，她想，慌什么？我又没做亏心事！

她转过头，想放句狠话，却见沈汉之一边系着扣子，一边懒懒对小丫鬟说："瞧见什么了慌成这样？不用慌，没人要封你的嘴。"他分明对小丫鬟说话，却看着她，"你们红少爷，早晚是我的女人。"

08

照片中的少女穿着西式的礼服裙，打开小扇子，端庄地坐在茶几边，似乎是化了妆，黑白照片也掩不住她的美丽。

"这是红少爷？这……哪像我啊？"

"听他们说，短头发的时候像，我认识她的时候，她就不是他们记忆里的那个小少爷了，西洋的先生给她起名叫蒂尔达，旗袍也穿，洋装也穿，好看啊。"房东太太一边纳鞋底一边说，"旁人都是父母送来的，就她是未婚夫送来的，那男人就是以后的沈大帅。啧啧啧，皮相生得好，却没个好心肠啊。"

"怎么就没个好心肠了呢？"

"他们没说吗？"

"说啥？"

"红少爷死了，死在沈汉之跟别人的新婚仪式上，她的性子烈啊。"她仍旧在纳着鞋底，脸隐在阴影里，"都说她是自杀，可是我晓得的，是有人让她死啊。"

09

"蒂尔达！"

"干吗？"

她生了一副浓眉，瞳仁比一般人黑，下巴尖俏，穿着西装校服，看起来完全就是个新式少女。

"姐，你怎么跑得这么快啊！"莉莉勾住她的胳膊，气喘吁吁地说，"先生找你。"

"找我做什么？"

蒂尔达仍然保持着做少爷时直来直去的性子。

看了看四下，莉莉小声说："你是不是又要去游行？我的姑奶奶，那是掉脑袋的事儿，你当你是沈家人就不会出事了吗？听话，跟我回去吧！"

蒂尔达甩开女孩的胳膊："跟你回去做什么？弹琴读书唱洋人的曲

儿？小姐，国将不国了！日本人现在就在我的家乡烧杀抢掠，你要我跟没事儿似的往那儿一坐？我坐不住！"

"谁坐不住？你屁股上长钉子了坐不住？"

德拉老师带着警卫员从后面跑过来，呵斥道："滚回去！"

这要是在辽城，谁敢跟红少爷这么来一句，估计打板子就跑不了了。可是她现在不是红少爷，她是穿着旗袍的蒂尔达。

她必须谨慎，必须听话，必须乖巧懂事、三从四德。

"老师。"她按捺住自己的脾气，说，"我今天是真的有事，你让我走。"

德拉老师本不懂什么学问，就是入了教，出了趟国，靠着一身捧高踩低的本领，才做了这女校的训导员。

本就看不上这群爱折腾的女生，又听说蒂尔达不过是沈家的童养媳，因此格外凶悍起来："你叫花子打架，穷横什么？到底不是沈家的种，三辈子里也刮不去骨子里的穷酸相，你们把她按住了，锁屋里。"

他吩咐旁边的警卫："你们沈大帅吩咐了，不让她出学校给沈家丢人！"

"别别别，女孩家让这群臭男人抓着还见不见人啊。哎呀，姐，你快给老师认个错。"莉莉着急说，"你这个傻子！日本人闹又能怎么样？天塌了有个高的撑着呢！我们这女流之辈能做什么？"

"能做什么？"

她似乎自语了一下，然后冷笑一声，从腰里掏出枪来回头就是一枪。

百米开外，一个红木相框啪地落在地上，玻璃碎了一地。

那是本校的教员名单，子弹正嵌在"王富贵"这三个字上——那是德拉老师的本名。

她转过头，周围已经捂着耳朵蹲了一片，她对趴在地上的王富贵说："爷六岁摸枪，十二岁跟我爹打靶，弹无虚发。三百步之内，爷说打哪子弹就打哪儿！你信不信？"

　　王富贵吓得瘫软在地上，已经尿了裤子。

　　她把枪转向警卫，一字一顿地说："别说爷不体恤你们，谁刚才要是碰我一下，现在就拿手接自己的眼珠子吧！沈汉之来也一样！"

　　刚才还乱糟糟的操场鸦雀无声，连根针掉地上都能听见。

　　她收了枪，扬长而去。

10

　　沈汉之再次见到她，是在警察局里。

　　街上学生运动，她持一柄枪和数十个警察对峙，愣是让十多个进步学生逃了。

　　"听说是辽城的红少爷，那一手枪法！当时要真开枪，咱哥几个都得见阎王！"

　　"长得这么细皮嫩肉的，还以为是女的。"

　　"听说就是女的，在外面野惯了，才叫红少爷，是原来的沈大帅给儿子备下的童养媳。"

　　沈汉之进了门，局长才带着属下恭敬地站起来："大帅好。"

　　"人呢？"

　　"在捕房里关着，咱们这有程序走，没法子。"

　　"钥匙。"

沈汉之进门的时候，她穿着粗布短打，坐在地上闭目养神，脊背挺直，一丝不苟，见人进来就睁开眼睛，竟然说不尽的清冷。

"你们都出去吧。"

支走手下人，沈汉之脱下身上的大衣，扔在她身上。

她捡起来，利索地穿上。

"长本事了！是吧？在学校里开枪？"沈汉之强压着愤怒，冷笑着说，"怎么着？我听说我来你也照杀不误？"

她平静地说："要是我手里有枪，你进来那一刻就已经是个死人了。"

沈汉之一脚踹向牢门，一声巨响。

"你厉害，你是红少爷、神枪手，拿一把枪跟十几个警察对峙，人还活着！你以为是为什么？人家怕了你吗？因为你是沈家人！因为你是我的女人！你换个平民试试！人家一人一枪都能把你打成马蜂窝！"

她抬起头，说："我不是你的女人。"

"你想不是就不是？"他冷笑，"三年前你可不是这么说的！"

她一秒钟也没有犹豫伸手就是一巴掌，干脆利落。

"三年前你也不是汉奸！"

11

"沈花脸是被日本人打死的，他当着日本人的面叫嚣，誓死不当亡国奴！结果回程的路上，就被人暗杀了。"房东太太一边纳鞋底一边说，"她请假回家奔丧，我以为她不会回来了，可是到底，还是被沈汉之送回来的。"

"我记得那是个下雪天，她穿着黑色的大衣，沈汉之给她打着伞，俩人就站在校门口说话，那画面，就跟演电影一样，我半辈子都忘不了，我看着她哭，想蒂尔达姐姐怎么会哭呢？

　　"她那么亮堂堂的一个人，后来沈汉之就把她抱进怀里了，那时节哪像现在？男女在街上抱一块儿，稀罕事儿呢，我就躲过去听，听她说，你要给爹报仇，他说，放心吧。

　　"我记得，她回来以后，就不爱说话，也不爱笑了，原来那么神采飞扬的一个人，现在什么也不干，光坐在那儿发呆。我以为沈汉之会常来——原来他就常过来，给她带吃的，带玩的，领我们这群小姑娘去打球、游泳、去舞厅跳舞。

　　"大家伙儿都知道蒂尔达学姐，有个又高又帅的未婚夫，可是现在，她那么难过的一年，他居然不来了。

　　"我问过她，她说，汉之在给我爹报仇呢，当然不能常来。

　　"但是没有啊，沈汉之后来啊，和日本政府签了合约——当初沈花脸就是不愿意，才被杀死的。"

　　我忍不住插嘴："那是我们的国家啊！"

　　"你们啊，现在受教育长大。那个时节女人活一辈子，可不就是活她的男人呢，可是她就能跟沈汉之恩断义绝。"

　　"帅！"

　　房东太太笑了笑："哪那么容易啊？只有男人休弃女人的，哪有女人不要男人的啊？"

红少爷到底回了辽城，只不过穿着旗袍，被沈汉之抱着，谁也不知道她是那个威名赫赫的红少爷——关于她是男是女，辽城里一直稀里糊涂的。

"今儿先睡吧，明天再去见妈。"

"日本人的地界儿，我睡不着。"她说。

沈汉之低头看着她，竟笑了，凑在她耳边说："待会儿累了，就睡着了，你信不信？"

她朝他脸上吐唾沫，被他躲开了。

"给夫人换身衣服。"他笑着说，这一年喜怒无常，下人们已经很少见他笑了。

她吃了药，筋骨酥软，只能任丫鬟们摆布。

"红少爷你这是咋啦？"丫鬟们不知道怎么回事，还叽叽喳喳的，"你都好久不着家了，我们都想死你了！"

"您什么时候跟少爷结婚啊？"

"老夫人老说结婚之前不让我们改口，但一提红少爷这几个字，大帅就不高兴，非让我们叫夫人，您说他是不是诚心为难人？"

"这丝绸的好看吗？大帅从西洋带回来的。"

"还是这碎花的吧，红少爷穿惯的。"

她任她们摆弄，最后只淡淡地说了一句："我想喝茶。"

这府内上下，差不多都知道"两位少爷"要成夫妻的事儿，但是沈汉之直接让她睡在自己卧房里，还是想都不敢想的事情。

如今老司令走了，这家便是沈汉之一手遮天。别说人家要和自己未婚妻睡一个屋里头，就是在外面要风流，谁又能说什么呢？

宝蓝蕾丝的西洋床上，她穿着淡色的丝绸睡衣躺在那里。尽管嘴唇都咬破了，浑身还是一点儿力气都没有，她不敢相信沈汉之居然给她下药——这么下三烂的事他都能做，真的没什么做不出来的。

等了一会儿，她迷迷糊糊地睡着了，毕竟是从小熟悉的地方，熟悉的气息，她又很多天没好好休息过了，她甚至短暂地做了一个梦。

梦里她还是十六岁，一枪打中了野猪的胸膛，浑身热血上涌，简直不能再畅快——

直到一双手在她身上摸索，她睁开眼睛的时候，就看见沈汉之压在她身上，一边吻她，一边重重沿着她身体的曲线揉捏。

"你做什么？"

"一年没沾你了，你说我做什么？"他懒洋洋地看着她，伸手扯开衣服，露出肌肉纠结的上身。

"你敢！"

"你看我敢不敢！"

他笑得很放肆："你不是厉害吗？你再厉害也是个女人！来，你再厉害一个我看看！"

"你混蛋……"

他吻着她，几乎是在撕咬了，她侧过头，他就吻她的脖子。一只手上下摸索："这几年我做梦都是你……给我生个儿子！给我……"

突然，他停住了。

她嘴里含着一片瓷片，瓷片上已经沾了血，就差一步，就差一步，那瓷片就会划过他的颈动脉——那是他们小时候，师父教的保命功夫。

她嘴硬，他知道，可是他做梦也没想到，她真的会对他下死手。

13

阴暗的灯光下，俊朗的男人赤裸着上身，血从他锁骨上滴落下来，他身边的少女，衣衫凌乱，脸色绯红，眼神却冷酷得让人不敢直视。

"为什么？"

他看着她，眉目依稀是那个夏夜里一起捉蛐蛐的少年。

"我们从小一块儿长大，你第一次打靶是我教的，你第一次骑马也是我的教的。当初薛蛮子说你是叫花子，我命都不要了，去跟他打架，差点儿让我爹用马鞭抽死。十三岁那年黑道开乱枪，我把你护在身下，还有……你去打猎，我为了救你被狼咬在肩膀头，这疤你还记得吗？"

他指着自己的肩头，那上面是长长的一道疤。

"你十六岁那年……"

"别说了！"

"凭什么不说？你十六岁那年，你把自己给了我，咬下这块疤，说礼不在外头，在心里，从此之后你就是我的人，你还记得吗？"

那是他从美国回来的时候。

虽然她恼他总跟她说些乱七八糟的话，但是他一朝去了国外，她还是想得不行了，日夜盼着他能回来。

回来之后，他看她的眼神就变了——或许一早就变了，只是他挑明了之前，她总装着看不见。

她也不知道自己到底是怎么想的，她心里没把自己当过女人，可是现在有人要她做自己的女人，她也不知道该怎么办，硬着心肠不理他，又想得慌。见他和这个小姐那个小姐去打高尔夫、打网球，心里泛酸。

这就是情爱吗？她想，做女人可真的折磨人啊！

14

那年冬天，她独自一个去槽子沟打猎，上了月他们俩打猎的时候，他刚被狼咬了肩膀，她不让他跟着，他还不听。

"不许跟着我。"

"哟，槽子沟是你红少爷开的啊！我就跟着走怎么了？"

她没办法，俩人一前一后地走。

后来不知道怎么回事，就走深了，还遇到了暴风雪——这北方的大雪可不是闹着玩的，两个人赶紧往回走，可是天黑路远，一下子就迷了路。

天要黑了，再走可能要出事，他身上带着伤，零下二十多度的雪地，不是闹着玩的，也该着两个人命不该绝，发现一个猎人的小屋，里面有柴火、山货，俩人就躲在里面了。

暴风雪下了一天一夜，俩人一直被困在里面，沈汉之之前受了伤，当夜便发起了高热，说胡话，说雪地里有个人朝他招手，让他过去。

红少爷半辈子没信过神鬼，可是第一次哭着求菩萨，别让野地里的鬼魂把他带走。

"小虎子，小虎子你不是说喜欢我吗？你别跟别人走好吗？"

他烧得眼睛通红，痴痴地看着她："好像又回到小时候了，我总生病，你就像这样，在床头守着我，我心里有个念头，为了红小子，我也不能死，我不能让他哭，你怎么又哭了？我自己心里头发过誓，死都不能让你哭的。"

"我不哭。"她把他的手贴在自己脸上，"大老爷们儿哭什么？你不走我就不哭。"

"你知道我这辈子，最高兴的一天是什么吗？就是我爹告诉我，你是女儿家，以后就是我的夫人，我当时装着嫌弃……其实我心里不知道有多高兴，你，红儿，你知道我爹把你许了我吗？"

"我知道。"

她怎么可能不知道呢？

"可是我爹说了不算，你那么倔强，你像太阳一样，谁能管得了你？你不愿意跟我，嫌我弱，我在美国，我暗地里，我从来没停过努力，我多学了许许多多东西，我想得到的是个太阳，我得争气，可是终究是……来不及吗？"

"……我不是不喜欢你，小虎子，我不喜欢你还能喜欢谁？你长得这么好看，事事都做到拔尖儿，这天下的男人挨个排，我数第一，你就第二，我不是男的，你可不就是第一吗？我就是……就是没想过做女人，我……我……"

她没说完，就被亲了嘴。

"你让我亲亲吧……求你了，我感觉，我要死了……野地里那个人招呼我过去了……你让我亲亲，我就不走了。"

炉火还在不停息地热烈地燃烧着。

她慢慢地，慢慢地被他压倒在床上，她虽然是当男孩养的，也知道礼义廉耻。她知道这样是不对的，可是又能怎么样？他要死了，发着高烧，说着胡话，那么温柔悲伤地求着她，她又能怎么样呢？

最后一刻，他似乎恢复了些许清明，看着她："你喜欢我吗？你……你不喜欢我，我就不做了。"

"我不喜欢你还能喜欢谁呢？"

那一刻，她终于面对了自己的心，她是个女人，她喜欢眼前这个男人。

他后来又反复问她是不是喜欢他，她从没回答过。

他以为就算她不喜欢他，也至少认定了他。

他从来没想过，有一天她真的会对他下死手。

"沈汉之，你这辈子就在犯同一个毛病，自以为是！"她浑身没有一点力气，眼睛却亮得惊人，"你以为不管你是个怎么样的人，我这辈子都跟定你了对吧？我告诉你，不是！你曾经是我兄弟、我男人，可是你当汉奸那一刻，不是了！"

她昂起头，一字一顿地说："就像你跟杀父仇人做交易，就再也不是我爹的儿子！你以为我一把枪跟十几个警察对峙，是仗着我是沈家人吗？

"你沈家人敢杀日本人吗！我告诉你！我敢！而且杀了不止一个了！我仗着什么？我仗着我是我爹的儿子！我一条命不要！也要跟日本人对着干！"

在结婚前，久丽子曾见过那个传说中的女人。

她是沈汉之自小定下的未婚妻，在一年前被登报休弃，却因着旧情没被赶出门，以一种尴尬的身份住在沈府里。

久丽子以为她一定是个沧桑而怨毒的下堂妇——那个年代有许多这样的中国妇人。

却没想到她那样年轻，皮肤光洁，眼神明亮，正穿着男士衬衫，叼着烟在刷马，见到她，像男孩子一样吹了个口哨，歪头笑："日本人？"

久丽子点点头。

她冷笑着骂了句粗话，然后把烟扔在地上踩灭："真是什么事儿都做得出来。"

"你就是沈红小姐吗？"

她就懒洋洋地笑，这笑容和沈汉之年轻的时候如出一辙："还真没有人这么叫过我，辽城里的人都叫我红少爷……我有个英文名，叫蒂尔达，女的都叫我这个。"

"你读过书？"

"啊！圣诺亚女校，本来准备出国的。"她仍然一下一下刷着那头庞然大物，"那儿的英文老师不错，你要是中文说不利落，我跟你用英文聊也行。"

"不用……我的中文是很好的。"

准备好的说辞似乎都派不上用场，这个女人身上有一股匪气，一种万事都不放在心上的野蛮和从容。

久丽子感觉无论自己表现得如何尊贵高雅，在这个女人眼里，都与马身上的泥虱并没有什么区别。

"找我什么事儿啊？"

"是这样……我觉得，我和沈君成婚之前，似乎应该拜见一下姐姐。"

"别别别，我不喜欢这一套，咱们俩还不一定谁大呢。"她又点了支烟，把刷子扔给下人，"走吧，去那边坐坐。"

沈府的后花园是比照着老王爷的府邸，花了大价钱归置的，一年四季都好看得像画，红少爷斜靠在凉亭边，点了一支烟，那些旧时的往事，一闪而过。

"沈小姐是很了不起的女人，我和沈君结婚之后，仍然会尊敬你。"久丽子说。

"占我土地，杀我百姓，现在连我的家，都是你们的地界儿了。小姐，你这不叫尊重，叫施舍，就跟你弯下腰，给路边的叫花子点儿零钱一样，这尊重你打发沈汉之吧，我不要。"

"你误会了，我是来跟沈君结婚的……"

红少爷吐出一口烟圈，笑得风轻云淡："结婚？别恶心这个词儿了，不过是两方做些见不得光的买卖前，拿出点儿诚意来罢了。要我说你们也挺厉害，明知道沈汉之是条狼，还要和他抢食儿吃。对了，你们准备在结婚多久后做掉他？"

"沈小姐！"久丽子忍无可忍地打断她。

红少爷嗤笑一声："就像你们这个不是婚礼一样，我也不是他的女人。所以咱打这种暗语，真没必要，将军有剑，不斩蝼蚁。你若是觉得我会为难你，就太看不起我了。"

久丽子被她的狂妄震惊了，红少爷眯着眼，捻灭了烟，扬长而去。

16

沈夫人上了年纪，一会儿清醒一会儿糊涂的，糊涂的时候，歪着头问："红儿呢？是不是又跟她爹出去野了，你们把她给我找回来。"

清醒的时候就哭："我该杀啊！我对不起祖宗啊！我怎么生了这么个丧尽天良的儿子？"

不管她清醒还是糊涂着，红少爷都陪在她身边，那个一言不合就开枪的少爷温柔地哄着她："妈，您吃饭，别想那些有的没的。"

沈老夫人没喝上那碗日本媳妇的茶，在沈汉之和久丽子要成婚的前一个月，撒手去了。

那时候沈汉之还在外面处理军务，旁边也只有红少爷。

后来丧礼大办，辽城里有头有脸的人物都到齐了，红少爷却不见了踪影。

沈汉之招待了一天宾客，晚上才倒在沙发上歇了片刻。

突然他听到一阵钢琴响。

抬起头，大厅里没开灯，却有个人在弹钢琴，沈汉之走过去，是红少爷。

她一身缟素，戴着重孝，看起来有几分阴森，不知道什么时候开始，她的头发竟长得那么长了，就那么乱糟糟地散脑后。

她的钢琴当初是沈夫人找名师教的，沈夫人自己个是个土匪，偏偏想让闺女儿子都沾点儿读书人的味道。

那时候他们俩都嫌麻烦，不爱练，沈汉之倔，就真没好好学，但是红少爷则被逼着，一路练了下来。虽然弹得不怎样好，但是人前显摆是够用了。

一曲终了，红少爷的手滑下来，叹息道："老不弹，手都生了。"

"挺好的。"

她轻轻笑了："我就不爱练这玩意儿，但是我这辈子，最心疼的人就是娘了，她一哭，我就难受，所以就这么练下来了。后来终于弹得像那么回事了，可是娘终究没听上几回。"

沈汉之沉默了，隔了很久，才说："我帮你把头发梳上吧。"

她往后脑勺一摸，自嘲地笑笑，"原来都长这么长了。"

他把她困在这儿，两年了。

落地窗淡淡地映出两个影子，一个坐在钢琴凳上，一个站在后面，为她束发。

若是不知道的人，恐怕也只能想到一个词。

岁月静好。

"你知道娘临走前说了什么吗？她叫我不要杀你。"红少爷轻轻叹了口气，"老太太看着糊涂，心里是门儿清的。"

沈汉之不动声色。

"你让我走吧……就算我不弄死你，日本人出手也是早晚的事儿，我留在这儿干吗，给你收尸？"

"爷在你心里就那么无能？"沈汉之声色冰冷，手上却是极尽温柔，"爷还真告诉你，爷心中自有打算。"

红少爷闭了眼睛，一句话都懒得说了。

那些快活时光，终究是回不去了。

他为她盘好了头发，缓缓插上钗。

"你是红少爷，你无忧无虑，风流倜傥，你以为这是为了什么？是因为你爹是沈花脸，是爹为我们扛着这一大家子。"

"而现在，是我来扛着这沈家上上下下几百口，是我在扛这整个辽城，我不知白刀子进红刀子出最痛快吗？

"我也想像你活得这么简单快活，可是你告诉我，沈家怎么办？辽城怎么办，嗯？"

黑暗中，两个人对视着，都能看见对方眼睛里的泪光，沈汉之抬手在她脸上抹了一把。

"别以为我不知道这些年你做了些什么……和外面那些革命军，你就没断过联系，你多任性啊。"他轻声说，"我多想让你永远这样啊。"

红少爷推开他："别说那么好听，沈汉之，你就是太贪心了，这世界上不可能什么都是你的。你有苦衷，你跟日本人虚与委蛇保住沈家！可以啊！但是你摸着良心说，你要的仅仅是沈家而已吗？

"可是你朝窗外看一看，我们半个国家都烧在战火里，辽城的百姓有一个算一个，活得像条狗，这时候是自相残杀争地盘的时候吗？

"还有，你口口声声说你要我，你又要和日本联姻，我就问你一句凭什么？凭什么我要不明不白待在这里？看那个日本女人脸色？"

"凭什么因为你的贪心，我就要承受这么大的屈辱？啊？"

"我说了这只是暂时的！那根本不是婚礼！我……"

"别说了沈汉之。"红少爷看着他，一字一顿地说，"你放我走吧。"

"不。"

两人对峙了片刻，红少爷突然奇怪地笑了，转身就走，走到门厅，却听见他轻声问："你爱过我吗？"

红少爷回过头，眼里还带着泪光，却笑了，她第一次笑得那么好看。

"从来没有。"

17

"后来呢？"

"后来啊，在婚礼上，红少爷住的小楼燃起了熊熊大火，那火三天三夜，也没烧干净，人都说，是沈家少爷在丧期结婚，遭了天劫。我们同学说起来，都说是蒂尔达学姐刚烈，容不得他有别的女人，宁愿一死，要我说啊。"房东太太怔怔地。

"是那个日本女人容不下她，沈家有那么一部分人，不满沈汉之和日本人合作，是站在红少爷这边的，日本人怕她让辽城变了天啊。"

"对啦，明啊，这些别跟你爷爷讲，他还以为红少爷十六岁之后就去了美国，快快乐乐过了一辈子。他听不得这些的，就让他们的红少爷，永远活在十六岁吧。"

我应了一声，心里一阵酸楚："那沈汉之呢？"

"沈汉之后来和日本人翻了脸，打了几场大战。"外面的老头已经三三两两地回来了，房东太太从容一笑，"沈汉之用命赶日本人呢。"

沈汉之在战场上，那是他熟悉的硝烟味道。

手里的弟兄们死伤无数，可是辽城，值得他去守卫。

真痛快，他想，他早该这么做！

这是个冬天，雪花慢慢地从天空中飘落。

他想起第一次见到她，也是这么个雪天，她还是那个小乞丐，眼睛那么亮，一笑还有豁牙，非说他是弟弟，之后也真把他当弟弟照顾。

那时候他身体不好，半夜发烧醒来，总能看到她目不转睛地守着他，往他身上擦白酒。

她握着他的手，在暗暗的烛光中，像一尊小小的菩萨。

后来不知道怎么着，爹娘生了场大气，原来她是个女娃。那时候他还什么都不懂，慌里慌张地想给她求情。

他想，就算红小子是个女的也是我兄弟！给他爹气得直乐，一个巴掌扇过去："你长了个猪脑子！女的咋给你当兄弟……"

后来十几岁的中秋夜，他们俩陪爹娘喝酒，她这方面一向没什么节制，很快喝得酩酊大醉，他偷奸耍滑的，还清醒，就听见他爹说："这没用的俩小子，酒量还得练！小虎子！你起来，把红儿扛回去。"

他嘟嘟囔囔地顶嘴："干吗我扛？她沉得跟肥猪一样。"他爹一个巴掌就扇过去："你媳妇儿你不扛谁扛？"

他一激灵，那点儿酒也醒了，就看娘朝他笑："小虎子，把红儿许你你乐意不？"

"我才不，嗯……爹！是真的吗？是真的吗！红小子以后……以后是我老婆吗？"

他爹就笑："那就看你本事了！红儿可不是一般女子，她不乐意，谁说都不算！"

那是他这辈子最开心的一天，月亮拨开云朵，亮得像年少的梦。

他把她抱回房里，偷偷地亲了又亲。

他想，你等我长大，我要比谁都聪明优秀，才能做你的男人。

他在美国拼了命地努力，读书，练枪，不过是为了有朝一日，能配得起她。

他用两年的时间，读完了几年的课程，一想到她，他不累，虽然她什么都不懂，什么都不知道。

从美国学成归来那年，她拉着他去猎野猪，那一点儿血迹飞溅到她腮边，如同胭脂，艳得蛊惑人心，他的心就猛烈地躁动起来。

她不喜欢他，他知道，她还太小，不懂什么男女之情。他太害怕她爱上别人，于是在那个猎人小屋，他占有了她。

此后一年，她逐渐学会当一个女孩，会羞涩，也会与他亲昵。本想着她毕业之后，就是婚礼，再然后，他就带她去美国去。

谁想，一朝战火起。

沈汉之无神地看着天空，他想起那一日回家，她看向他的眼睛，恨意昭然，把手上的戒指撸下来，狠狠地扔在他脸上。

这种眼神他无比熟悉，因为整整五年，她都用这种眼神看着他。

他也想给爹报仇，可是更重要的，他始终记得爹遗留之际，拉着他的手，说："红儿和你娘，整个沈家，都交给你了。"

一个家族在乱世中保全，太难了。

她不懂他为什么要这片江山，因为乱世之中，不争，就是死。

于是他成了她最讨厌的那种人。

他其实并不贪心，他所有的委曲求全，只是希望有她有爹娘有个家。

可是——

可是——

那场大火，她就这么走了。

这辈子他最爱的女人，明亮得像太阳一样的女人，就这么地，在他新婚礼成的那一刻，离开他。

那一刻世界悄无声息，他知道什么都没有意义了。

他的生命自此只剩下无边的长夜。

远处，他看见了狙击手在瞄准，而他已经没有子弹了。

他闭着眼，听见了呼啸的风声，好像年少时节打猎归来，和他最喜欢的女孩共乘一骑。

奔马像一阵旋风似的跑起来，山林、落日、扛着野猪热热闹闹的人群，都被抛在脑后，只有猎猎的风声作响。

"你说的话——得算数！"她大声朝他喊。

"我要和你在一起一辈子，当然算数。"

"啥？"风太大，她没有听清。

这辈子，竟然就这么地，错过了。

19

"我本不应该跟你讲这些的，可是我总觉得，蒂尔达学姐啊，不应该就这么默默地，被人忘了。

"你是个写书的人，明啊，好好写写她，挺多人说，她是个假小子，不像女人，但是我总觉得，像她这么活着，才叫女人。"

红少爷的壮烈，奇迹般地治好了我的情伤，我突然为我那些寻死觅活的矫情感到羞愧。

　　而那个因为我没有发足够的红包给她就说没有安全感的女人，也对我突然失去了吸引力。

　　后来，我把《红少爷》写完，就离开了，临行前爷爷奶奶们给我塞了各种各样的好吃的——这小半年，我成了他们共同的孙子。

　　反正也辞了工作，我回美国看望了一下父母，其实我是在美国出生长大的，可是我的父母对我能回国生活有一种近乎狂热的期待，所以我能讲一口流利的中文。

　　大学以及后来找工作的时候，没人怀疑我中文不是我的母语。

　　在旧金山的长夜里，我经常会梦见那个倔强明亮的少女，骑着枣红马呼啸而过，永远那么年轻昂扬。

　　我从来没想过我还会再遇见她。

　　那是我要回国的前夜，为了找东西，我把家里的阁楼都腾空了，发现一个红木盒子。打开来，发现是一把驳壳枪、一支钗、还有一张照片。

　　照片上是两个男孩，一个个子很高，穿着西式大衣，眉眼俊朗。另一个穿着貂皮袄，浓眉，圆眼睛，有一种男女莫辨的清秀。

　　我看了很久，看了又看。

　　因为那个少年，生得像极了我。

20

"你说那个啊？是奶奶留的照片，哈哈哈是像你！你出生的时候你大伯就说，你这眉毛眼睛的，长得跟你奶奶一模一样，若是你奶奶还在，不知道多稀罕你。"

"爷爷奶奶啊……听说你奶奶以前家里遭过大难，她从大火里逃出来的，自此参军，一直抗战，你爷爷是她打战场里捡回来的，听说俩人是发小儿。

"然后？然后两个人就一直杀敌抗战，日本投降之后，两个人就去美国了。你奶奶原本就一直想来美国读书，后来在美国有了我和你大伯你姑姑。

"家？你奶奶不爱提之前的事，她总说过去的事情就过去了，但听说他们是辽城那场战役上认识的，当时的那位将军浴血奋战，可惜英年早逝，你应该知道他的。"

我挂了电话，没有继续问。

红少爷的故事，就停在这里吧。

不管那对我没见过面的爷爷奶奶是不是隐姓埋名的红少爷夫妇。我都愿意相信，那个乱世，他们的爱情，兜兜转转，最终圆满。

战场上，沈汉之闭了眼睛，一声枪响。

那边的狙击手应声而倒。

沈汉之抬起头，看见不远处奔来一匹枣红马，马上少年，风华正茂。

"你爱过我吗？"

"从来没有。"

你有。

他笑了，像个得胜的将军，戎马半生，终于得到了自己最最渴望的胜利。

END

她都没时间给我补习了，还不理我，这可不行。

但是我有打入内部的绝佳辅助啊，该你出场了，皮卡喵，帮我去进今天的故事吧。

NO.3 四姨太

01

四姨太是老爷带回来的，高胸脯，水蛇腰，一双眼睛总是雾蒙蒙的，穿起旗袍来特别好看。老爷宠她到个什么地步呢？连做生意都让她跟着。

老爷大名方鸿为，出身苏城的绸缎世家。早年的买卖做得也不算大，这几年竟慢慢坐上了苏城绸缎商的头把交椅。人都说，是老爷心善，有后福。也有人说，这是四姨奶奶娶对了，不管是什么料子，四姨奶

奶一搭眼就知道是什么成色、工艺，方老爷能不赚钱吗？

因此屋里屋外的，四姨太都被老爷宠上了天。就是嫁过来三年了，肚皮仍不见动静儿。老爷还不到四十，正是年富力强的时候，那还能是谁的毛病？

三姨太就喜欢吃饭的时候挤兑她。

"老四，成天吃饭这么穷讲究，到底什么时候才给咱们家添个丁啊？"

四姨太早晨起来，先得喝一碗杏仁冰糖燕窝，然后就着粥下饭，光凉菜就有蜜汁豆腐干、藕花糖脯、云腿拌荠菜……还有各式点心：红玉青虾卷、茶香绿豆糕、奶黄海棠酥……盘盘碟碟摆了一堆。这些主要都是给四太太准备的，方家虽然阔，但夫人主张惜福，旁人的早饭也就是平平常常的清粥咸菜罢了。四姨太最恨人家在吃饭的时候挤兑她，她不能马上回嘴，回了就会少吃一口，不值！

"要我说呀，锦绫就是吃得太多，食物积在肚子里，哪儿还有地方给孩子？"二太太也跟着凑热闹，谁让这个小狐狸精昨天把老爷勾走了，害她又守了一晚上空房。

四姨太如今咽下了两个油煎包子，可算腾出嘴来说话："哟，二姐、三姐这话说的，好像我多吃两口方家就供不起了似的。要有多心的，还以为咱们家寒碜呢。"

"夫人！您瞧她呀，天地良心，我不过才说了几句话，她就在那儿给我安罪名。"三姨太赶紧撒娇。

夫人是大家出身，饭不吃到最后一口，咽干净了，哪怕天塌了都不会说一句话。倒是老爷正在喂闺女莲姐儿吃饭，闻言有点不耐烦："你

057

们都少说两句吧！吃个饭还不消停！"

　　快吃完饭的时候，老爷说："我这两天要出趟门，太太这几日身体不舒服，你们在家里好生待着，别给我惹事。"

　　四太太马上抬起头："可是为了那批天晴布的事情？"

　　老爷点点头，四太太说："那我跟您去吧……路上也好有个照应。"

　　"前几日新纹样的事情辛苦你了，这几日就好生在家歇着吧。"

　　四太太咬紧了嘴唇，还想说话，坐在她旁边的欢少爷闹起来："四娘，我也吃油煎包！"

　　"你老吃什么油煎包，上回积食的不就是你吗？"

　　"那你也不能都给我吃了啊！"欢少爷委屈地要掉眼泪了。

　　这时候夫人终于吃完了，用手帕擦净了嘴，轻声说："欢哥儿，不许闹你四娘，到娘这儿来。"

　　欢哥委屈地依偎到夫人怀里。夫人哄他，声音不算大也不算小："你四娘是要帮着爹爹做生意，生得又瘦，自然每日就要多吃些了。你想吃就跟娘说，咱们家又不是吃不起。就只有一点，不许去抢别人的,晓得了吗？"

　　　　　　　　　02

　　四太太回了屋子。她知道老爷这是对她生了嫌隙，"天晴绣锦"是她和几位老师傅好不容易研究出的布匹纹样，可是才卖了几天，就有个小布坊仿起来了，好几个月的辛苦因此打了水漂。

　　而这小布坊的主人，偏又与她是旧识。

　　这屋里的，大夫人不必说了，她是老爷明媒正娶的正头夫人，听

闻还是远方表妹，除了身子骨儿不好，只生了莲姐儿一个闺女，挑不出一点儿毛病。二夫人花晏是大夫人的陪嫁，这人没什么城府，能生养，心里眼里只有她的夫人。三夫人汛娘是漕帮家的女儿，据说祖上还做过水匪，现在老爷的布匹走漕运还是跟他们家合作，如今也生了个男孩。

而自己呢，一没有身家背景，二没有和老爷的深厚情分，三没有生养子女。以色侍人，终不长久，况且老爷当初把她娶回来，有八成是因为她能识布匹，所以如果她再不能在生意上帮衬老爷，那在府里还有什么用呢？

就在四太太忧心忡忡的当口，三姨太也回了屋子。一个仆妇被押上来，哭天抹泪地喊冤，护院们在她旁边跪了一地。

三姨太看都没看那仆妇一眼，只是懒洋洋地走到青瓷鱼缸边上，一边撒鱼食，一边问："我说的话，你们如今都不放在眼里了是吧？"

护院们慌了神，拼了命地磕头："奴才不敢！奴才不敢！"

"我上次怎么说的？"

"您说……您说……如果再有人进来给四太太送信……就……就打出去！奴才们是真没瞧见啊！"

"这么大个活人进出院内你们看不见，你们还能看见什么东西？！等贼人闹到太太老爷身前的时候，你们也有脸说这一句看不见？！"三姨太一巴掌拍在桌上，"一人给我领二十板子！"

二十板子下去可就是半条人命，不过依照三太太治家的手段，这点惩罚真不算什么。料理了下人，三太太才斜了一眼。那仆妇被她的雷霆手腕吓傻了，跪在地上瑟瑟发抖。"我的出身，你们恐怕也是知道的，我不杀你是怕给老爷惹麻烦，但要是把我逼急了，这麻烦我也担得起！

是不是把你沉塘时，你才知道老娘的手段？"

此时此刻，她似乎不再是富商家里养尊处优的姨太太，而是又变成了那个出手见血的水匪头子汛三娘。

仆妇疯了一样磕头："奴婢不敢！奴婢是……是受人指使，奴婢……一时迷了心窍，求三奶奶饶命！"

"谁让你给四奶奶送信的，说！今天说不清楚……"三太太笑得像个撒娇的小女孩，"我就让你好看！"

03

"这是干吗呢？叫得这么厉害？"四太太听见外面此起彼伏的惨叫声。

"回四奶奶，听说是护院放贼人进了外院，三奶奶说要治治他们懒散的毛病。"

这下二太太就坐不住了，立刻起了身："汛娘这脑子也不知道怎么长的，教训下人这么大张旗鼓。太太病刚好，怎么禁得起这跟活驴似的嗓门。"

二太太原本是大太太的丫鬟，打小就练就了这一等一的不管什么事儿都能立马想到她们家小姐身上去的本事。

四太太冷冷地说："姐姐不用急，您听着声音大，是因为他们在西侧院挨的打，太太在东院，一准儿没有半分动静。她哪儿是教训下人啊，分明是打给我听的。"

四太太把目光移到亭子外面的荷花上，那花开得烂漫，正是好时

候啊。三太太当然不知道，过了几日，那信还是送进来了，就在每日送来的点心里——四太太一时三刻都离不开点心。

四太太看完把那纸团塞进嘴里，吃了。

那小作坊的布商，约自己见面。见了字迹就知道，是故人。那年月，她还不是四太太，也不是妓馆里的花娘，她叫锦绫，而他是她的少爷。

04

锦绫提着裙摆，轻盈地跑过青石板，跑过曲径楼台，深宅小院。

"公子，新到了布匹纹样，你快去看看。"

那少年面如冠玉，正在庭中提笔写字，因她跑来，那行字就歪了。

"你这丫头，这么大了还没个稳重，看我怎么罚你！"

锦绫吐吐舌头："少爷还想着罚我呢！那纹样好看得管保您见了连饭也不想吃！"

"若是人人都像你这么痴，我们家就不愁成不了年城首富。"

痴心？那是当然啦。

她从小在布坊长大，见惯了各式工艺纹样，觉得这世间第一美事，就是看那本来素净的布匹变成云霞一样的五颜六色，而且她心里还有个小小的、小小的念头。

曾有仆妇跟她打趣，说夫人待她不同呢！将来有姨娘的造化也未可知。

她生得好看，在丫鬟里显得出挑，办事又是出了名的利落，和少爷更有从小长到大的情分。但她不敢奢求太多，只盼着自己能变得更

聪明些、机警些，就算当不了姨娘，一辈子留在少爷身旁也是好的。

是的，四太太锦绫也这样年轻过，天真过。

后来呢？

后来的故事才叫有意思。白家本是有名的布商世家，可到了老爷这辈已经衰落了。虽硬撑着大户人家的体面，账面上却连吃饭都得精打细算。少爷本来有一门娃娃亲，定的是城中富户陆家的三小姐，可是请媒人上门的时候，却被对方轻轻巧巧地请了回来。

"那都是什么年代的事情了，白公子以后是走功名，读书考举的，小女貌丑，怎么配得上呢。"

少爷那举人考了两次都没中，他这样的人，聪明劲儿都用在布匹的色彩、纹样的结构上，于功名并不擅长。但这本也没有什么，天下秀才千万，能中举人的不过凡几，有过错的，不过是他们家穷罢了。

少爷那一日喝了很多酒，醉倒在竹林中，锦绫一边伺候着一边落了泪。她想起那年跟太太去上香，曾见过陆家三小姐一次，躲在母亲身后，并不见得多么貌美，可胜在白净温柔，圆润的腕上戴着一只翠绿的玉镯，说不出地干净秀美。

那时她看着，想这就是未来的少大人，顿觉是天下最高贵美丽的女子，甚至忍不住自惭形秽起来。可是今天看到少爷这般落魄，跌在竹林下饮酒，又忍不住想，她又有什么了不起的呢？

那是少爷啊，天下最好的少爷。

锦绫哭的时候，有个人的手按在她的肩膀上，她回过头才看到是夫人。因老爷是个不着调的人，夫人平日里总是一副刻板严肃的模样。那是头一遭，她见夫人落了泪，烛光下，她也不过是个母亲罢了。

"锦绫，你可心疼少爷？"

锦绫含泪点点头，夫人握住她的手，轻声说："少爷有你，是他的福气。"

后来，夫人不让她干活了，请了嬷嬷教她诗书礼乐，仆妇悄悄对她说："原以为只是让你当个妾室，看来，夫人这是有让你当正房的打算。"

她惶恐地赶紧摇头："快别说了，咱们这样的人，怎么敢想呢？"

嘴上这么说着，可是心里的渴望就像小苗一样噌噌生长着，特别是这几日少爷神采飞扬，回来的时候看见屋里没人，便把她拉到镜子前，为她篦发。

"少爷，这怎么使得？"

少爷一笑，从怀里拿出一只钗来戴在她的发髻上，她还没来得及拒绝，就听见他好听的声音轻轻说："你啊，你什么都值得。"

镜中少女顿时羞红了脸颊，而少年的笑容干净温柔得像朵云。

五个月后，她终于明白了这句话的含义。

牙婆来了，把锦绫带走，去了苏城。

她是被哄骗走的，说是为了帮少爷看布匹。临走的时候，她看见那少年朝她挥手，夫人在他身后，露出一种胜券在握的微笑。

她到了船上才发现她被卖了，卖了三百两银子。这三百两是少爷做生意的本钱，也是迎娶那三小姐的本钱。而她从今以后，就入了贱籍。

那些挑灯织染的日夜，那些日复一日陪在少爷身边研读织法绣品的岁月，那些漫长的、孤独的、喜悦的时光，那些交付出去的真心，竟然都是分文不值的。

唯一值钱的，是她的身子和脸，三百两呢……少爷忙一年，也不见得有这样的收成。

05

"四娘，给你桂花糖糕吃。"

四太太从梦魇中醒过来，只见二太太的儿子欢哥儿扑到她怀里，他是个极为敦实的小胖子，撞得她一个趔趄。

"糖糕……哪儿呢？"

四太太扒开他的小胖手，什么也没有。

"后面呢！我娘说，你最近心里苦，我就给你送来了。"

这时候乳母才到，一迭声地埋怨："欢少爷！哎哟我的小祖宗，你怎么就跑那么快啊！"

乳母手里真拿了一盘子桂花糖糕，这本是欢少爷最爱吃的，可太太说他太胖了，不让多吃。所以平时他自己都舍不得，却留下来，巴巴地给他最好的朋友四娘送来了。

四太太有点感动："乖儿了！就你心疼四娘。来，四娘给你温一壶茶，这糖糕啊，配苦茶才好喝。"

欢哥儿上了榻，依偎在四太太怀里："四娘，你别不开心啦。"

"侬还小，不晓得这世上，都活着不容易。"

"四娘，活着就是想得少点儿。"欢哥儿一脸认真地用小胖手给她掰扯，"像我，老想着白糖糕，但我老也吃不上，就不痛快。可是如果我想的是粟米饭和小炒肉，我就痛快多了，因为天天都能吃得上，就

是这么回事。"

四太太被他逗乐了，捏一捏他肉乎乎的小鼻子："等侬长大了，不知道祸害多少人家的小姑娘！姨娘跟侬讲哦，侬呀，以后可不许随便伤人的心。这人心，都是肉长的，一旦伤了，就长不回来了。"

06

欢哥儿本来是要被乳母带回去的，可是二太太传话来，说今儿太太身体不适，她要去照顾着，就让欢哥儿在四太太这儿歇着吧。

"反正你俩也好。"小丫鬟一字一句地学二太太讲话，把四太太逗乐了。乐着乐着，又叹了口气。

她不知道，这时候夫人和二太太正聊着她。夫人靠在床头，一面把药吹凉一面问："就是今晚吧？"

二太太叹了口气，点点头

"也不知道，她犯不犯傻。"

夫人一仰头，把药喝了。

把欢哥儿哄睡了之后，四太太还是起了身，借着一豆烛光对着镜子梳妆。十六岁和二十六岁到底是不同的，她再也没有花骨朵儿一样的脸颊和清亮的眼睛，只有胭脂水粉装扮下的风情。风情是女人的铠甲啊，巧笑嫣然下你什么都看不清，便什么都伤不到了。

四太太走过水榭回廊，走过青石小巷，走过那漆黑一片的夜。

方府外的四角亭迎来了摇曳的灯笼，白公子转过头，便看到了锦绣。

恍然间还是十六岁，那个花丛中扑蝶的小姑娘仰起脸嫣然地朝他

065

笑："少爷。"

"锦绫！"他扑过去，却被灯笼隔开了。

四太太轻声说："白老爷自重……奴家如今是方家的四太太。"

"那是不作数的，锦绫，我带你走！"

四太太只是轻轻摇摇头："白老爷，如今我只想知道一件事……你的天晴绣锦，是怎么染出来的？"

她和无数工匠研磨了半年多才成功染出来的颜色纹样，却在售卖的途中被人捷足先登。干布商这行当，每个花色都是秘方，那核心的染布法子，只有她和老爷知道。无论如何她都想不出，这方子是怎么泄露出来的。

白公子看着她："我见了你们的图样就染出来了，你相信吗？"

四太太摇摇头。

"小的时候，你最喜欢雨过天晴，说天上的颜色好看，气味也好闻，说如果有一天我们能染出雨过天晴色的布匹给人就好了。你走的那天也下了一场大雨，我就想，一定染一个雨过天晴色给你。"他声色很轻，"我就快要成功了，却始终不得其法……直到在苏城见了你们的天晴绣锦……我才想明白了其中的关键。只是当曰，我找不知道那是你……"

四太太闭上眼睛，她竟没想起来，她和少爷当年是一同学习的布艺，天晴绣锦的核心工艺，正是记载在白家典籍上的古法。

这时候白公子冲上去，不顾一切地抱住她："锦绫，当年的事情我是不知情的！你不知道我找了你多少年……你和我走吧！天大地大，总有一处方家找不到！锦绫……回到我身边吧。"

四太太大惊失色，拼了命地挣脱。这时候突然传出一个声音："你

066

们在做什么？！"

竟是那阔别多年的白老夫人。她脸上的皱纹，正如刀斧砍就的一样，她声严色厉："苏锦绫！背夫私通！你好大的胆子！"

四太太难以置信地看了一眼眼前的少爷，又看看老夫人，说："白老夫人，这是什么意思？"

"别犯傻了，今天当场都是我的人，我说你跟谁私通你就是跟谁私通！"白老夫人的嘴角泛起一个笑，"四夫人，方老爷不在家，你夜半三更在这种地方，你说得清吗？"

白少爷在一旁："娘！你这是做什么？"

白老夫人冷冷一笑："傻儿子，你想要她，怎么要得起？这妖西施当年还值三百两银子，今日她这脑子里，可是方家几代的账目秘方，三万两都不止。"

她又转向四太太："四夫人是个识时务的人，是以后和我们白家合作，还是此刻我押你去官府，说你跟小厮私通，你可要想好！"

她算得很好，要么冒点儿风险把这小娘们儿带回府里去，方家的秘方就全在手里了；要么就让她留下什么贴身物件，拿捏住她，以后不愁拿捏不了方家！

四太太愣了半晌，脚一软，倒在了地上。

"上去，给我绑了她！"

"我看谁敢！"

黑暗中，火把亮起，刚才还黑黢黢的亭子顿时灯火通明，无数方家的家丁从黑暗里浮现，而站在最中间的正是方府三太太，楚汛娘。

"你怎么在这里？"

"我怎么在这里？你犯傻我也跟着犯傻吗？"三太太走过去一把把她扶起来，"你把脊骨挺起来！你那狐媚劲儿哪儿去了？为这种人！犯不上！"

"三夫人这是什么意思？"白老夫人冷哼一声。

"什么意思？欺负锦绫的时候就没有想过她如今是方府的人？"三太太冷哼一声，"刚才你吓锦绫的话我分文不差地送给你！今儿在这都是方府的人，我说锦绫不在她就不在！你儿子跑到我们方府外企图淫人妻妾，盗取秘方！轻则我上报官府，重则沉塘！"

白老夫人气得直哆嗦："你这是……你这是仗势欺人！你以为你是个什么？一个姨娘！也配这样跟我说话？！"

她还没说完，就被一声轻咤打断了："白老夫人，请慎言！"

众人这才发现，人群之外不起眼的地方停着一顶暖轿，轿外侍立着二夫人。

"你又是什么东西？"

轿门里的声音很轻，却在这寒风凛冽的夜里让每一个人都听得见："我是方家的当家主母，她仗势欺人的'势'。"

"方家当家主母？来得正好！你们方家妾侍，不守妇道，这是谁给的胆子？！"白老夫人几乎是在咆哮了。

暖轿里的声音轻轻笑了一声，道："我给的，怎么了？"

她始终没有下轿："白夫人，我不管你们过去的恩怨，锦绫现在是方府的四姨太，你要打要杀要下套子，先得问过我这个当主母答应不

答应……

"令公子约锦绣见面的字条现在在我手上，我们又人多势众，拿了他和你，没有人能讲半个字。依照本朝律法，你们盗取秘方，流放三千里，服役三年。不知道白夫人的身体撑得住吗？"她的声色始终很清冷，却有一种不容抗拒的力量，"对了，忘了说了，现今的苏城知府娄大人，是我的娘家表兄。"

白夫人终于知道害怕了："你想怎么样？你想怎么样？！"

"第一，天晴绣锦是我们方家的东西，白家今后不许再碰。

"第二，白家及其生意从今往后必须退出苏城。

"第三，锦绣与白家公子缘分已尽，请白家公子懂廉耻，不要再纠缠。今日这三样立下字据，胆敢违抗，我们便同你拼个鱼死网破！"

白公子沉默了半晌，看向四太太。

暖轿里又传来声音："锦绣，你过来。"

08

四太太浑浑噩噩地走过去，跪在轿前，磕了个头。

"你可知道，为人妾室与外男私见，是什么罪过？"

四太太笑了，眼泪流下来："夫人……奴婢是什么东西？奴婢是个下等人……早就没了廉耻……只是……只是……"

轿内人叹了口气，轻声说："你最大的错处就是生为女儿，还有个错处，就是痴心错付。他若对你有半分真心，刚才闹将起来的时候就不会等你三姐去扶你了。锦绣，你是聪明孩子……"

轿帘被微微掀开，一只戴着白玉镯子的手伸了出来，这是这个夜晚她唯一一次展露于人前："天气寒凉，家里给你温着一碗桂花栗子羹，早些回去吧，好吗？"

四太太跪在地上，重重地磕了三个头，然后把头上那支钗拔下来，扔在白公子身前，说："奴与公子，生死不复相见！"

然后，她握住那只手，进了轿门，像欢哥儿一样扑进那病弱却温柔的女人怀里，失声痛哭，似要把这半生委屈都哭个干净。

二夫人踱步到白老夫人旁边，一个巴掌把她半边脸扇得半歪，白公子想扑过去，却被家丁拦住了。

"这一巴掌是我家夫人命我打的。"二太太扬起下巴，"为你，这样的东西，对我们家三太太不敬！"

三太太在一旁顿时笑成一朵花："二姐！你手上没劲儿！我来我来！"

09

方老爷回家之后，家里的一切照旧。四太太还是个长着牛肚的狐媚子，和三太太整天拌嘴，二太太每日里除了伺候夫人就是嗑着瓜子说家长里短，夫人依旧病歪歪的，整日里闭门不出。就这样，四人过了富贵闲人的一辈子，身后还留下了一幅画，画中四位夫人风姿绰约，美如皎月。

这画现放在苏城的博物馆里，当年的人和事早已烟消云散，只留下些许传说作笑谈。那画上的四太太留下诸多染布的法子，人都说，在那样的封建年代，必是个不可多得的女人。

"这就是宅斗文的活范本了。"

"那个年代，胜者为王败者寇，这方老爷和四太太必定是真爱，真是可怜那什么都不懂的正房太太了。"

他们不知道闺阁之中，未必没有知人善用、决胜千里的将才。

他们更不知道，在文献之中，还有方老板写给夫人的信：

"颦儿吾妹，见字如晤，兄已至沪，万事皆安，如今商铺已如妹所望，日后你我夫妻二人，再无两地相违、糊口于四方之事。锦绫诸事，依妹所言，兄唯一念，妹须保重，万勿劳心伤神。兄本愚鲁，幸得卿卿，巾帼宗生，运筹万事，此生无鹏飞万里之志，唯百年偕老之心，吾之生死，惟卿所命。书不尽言，珍重万千……"

END

晨，大佬，
我今天有新故事讲给你听！

无事献殷勤，非……

非要讲给故事给你

……行吧，你讲。

XIN
CHANG
REN

NO.4

破城

将军有心，只是夫人不信。
——题记

01

凉州破城前五天。

深夜，城郊的小路上一行人正在赶路，为首的是个老头儿，背弓得几乎碰到地上，旁边的老太太也颤巍巍的，后面是一个孕妇，牵着一个虎头虎脑的小孩，看上去似乎是她儿子。还有一个中年女子，生得壮实敦厚，皮肤黝黑，一看就是庄户人家的婆娘，在一旁挽着孕妇走得很快。

大概是走得太急了，小男孩有些跟不上，脱口而出："妈妈，我脚疼——"

可是孕妇还没说话，中年女子就一巴掌扇了过去，声色俱厉："疼什么疼！再说一句官话老娘把你的腿打折了！"

她这一巴掌打得极重，小男孩捂着头，泪眼汪汪。孕妇摸摸孩子的头，轻声哄了两声："莫怕，听姑姑的……"她的话音戛然而止，几个士兵从前面走来，厉声喝道："站住！什么人？！"

老头和老太太年迈，被他们一惊，半天说不出话来。中年女子上前点头哈腰地笑着："长官，俺们是小王村的人，这两天村里不安生，俺弟妹又快生了，俺们带孩子一起来城里投奔俺弟，俺弟是白楼裁缝店的学徒，叫薛五狗……"

"废什么话！把户籍证拿出来！"

老头抖抖瑟瑟地从衣服里掏出一个泛黄的本子，一个士兵扯过来看了一眼，逐个对照了一下，又道："手伸出来。"

他们挨个看过去，都是庄户人家满是老茧的手，唯有那个孕妇，除了中指、无名指和小指有些茧子外，手白白嫩嫩的。

士兵眼睛一瞪，中年女子连忙把孕妇拦在身后："长官，俺弟妹是村里的女先生，识文断字的，平日在村里教娃娃上课，没干过啥活……"

"滚一边去！"

士兵把她推了个趔趄，然后拿了一张通缉令对着孕妇看。

通缉令上是一个梳着老式发髻的女子，一副"人间富贵花"的长相——微圆的脸型，杏眼，生得极有福气——和这瘦长脸尖下巴的孕妇八竿子打不着。

士兵收起了通缉令，中年女子又谄媚着凑上来，一边悄悄往他手里塞银钱，一边道："长官，俺们真是良民！"

士兵掂量了一下，总算有了笑容："好说，我们苏军可跟顾狗不一样，最是体恤你们老百姓了。"

"对对，长官说得是！"

"走吧！"

"哎哎哎！"

中年女子扶着孕妇，边应声边快步走着，可是一行人还没走几步，就听见身后有人轻斥道："等等。"

军用手电刺目的光，将几个人的影子投到土路上，一个年轻军官带着人慢悠悠地走过来。先前的士兵慌忙行礼："参谋长！"

军官走过来，慢慢踱到这行人的面前，老头老太太早已吓得瘫软，忙喊道："不关我们的事！不关我们的事！"孕妇死死地抱住孩子，抖得像一片风中的树叶。

"顾夫人，别来无恙。"军官悠然地略过孕妇，走到那中年女子面前，挑眉一笑。

她深深叹了口气，一边摘下自己的头套，一边自嘲地笑出来："苏二爷大半夜亲自来查人，被抓到只能怪我运气不好。"

说也奇怪，不过摘了个头套，那种憨实农妇的劲头就在她身上消失得无影无踪，取而代之的是一种久居上位者的从容。

"好说。"

苏元凯是苏军苏大帅的二儿子，刚从德国留学回来，瞧着文静秀雅的一个人，行事却出了名的诡谲狠辣。

顾夫人被扶上了马车，又掀开帘子道："这家人都是平头百姓，被我逼着才与我一起走的，老弱妇孺的，别为难他们。"

"我怎么处置人是我的事。"苏元凯冷冷地吩咐道，"带走！"

02

时年乱世纷争，军阀割据，各大势力霸占一方。沈军雄踞东北，顾军占据西南十三城，苏军占据东南。而这些年苏军节节败退，眼瞧着就要被顾军吞了，苏二少却带人端了顾大帅的大后方——泮城。

泮城不是什么必争之地，地方小，军力也少。苏元凯之所以行这一步棋，一是为了扰乱顾军军心，二是据线报称，顾司令的原配夫人金采鸾就在泮城。

"二爷，您要是打算拿我来要挟顾广青真是打错了算盘。他在美国认识了几个识文断字的小妞，正回来跟我闹离婚呢！你信不信，我前脚一死，后脚顾家鞭炮就放上了。"

金采鸾坐在镜子前梳妆，她仍然保持着满族女子的梳妆习惯。一头乌油油的头发盘成圆髻，正比量着不同的花钿。

"可以走了吗？"苏元凯并不搭茬，冷冰冰地说。

"去哪儿？"

"凉州，顾广青和我父亲正在凉州交战，我得去支援。"

金采鸾的笑容凝住了，她转过头，问道："二爷，您这是什么意思？去凉州必须要从辽城穿过去！那是沈军的地盘，连个全尸都不会给我们留的！"

沈军行事一向凶戾，若知道顾家夫人和苏家二公子经过自己的地盘，绝不可能留活口。

"顾夫人多虑了，我们自然有我们的办法，保证你安全到凉州。"

"你胡扯！"金采鸾声色俱厉，"漂亮话谁不会说！我告诉你，想让我跟你走，一百个护卫配枪！一个都不能少！否则我有的是法子让我自己死在这儿！"

苏元凯被她突如其来的怒气弄得有点愣住了，不过他很快平静下来，解释道："顾夫人，我们现在带的都是好手，一行人伪装成商客，什么事都不会有。你要那么大的护卫队，势必会引起沈军的注意，一旦交火，区区一百人，也不是他们的对手。"

"那是你的事，没准备好我是不会走的。"她转回镜子前，又开始比量耳环。

苏元凯被耗光了耐性，提高了音调："你有什么资格跟我讲条件？"

金采鸾冷笑一声："就凭你用得着我！就凭你靠真本事打不赢顾广青！"

"你！"

饶是苏二爷一向冷静，也不禁气得脸通红，伸手就去摸枪。而金采鸾面无惧色，反而朝着镜子一抬下巴："要杀我？来啊！"

苏二爷放下手，慢慢平息了一下，换了个称呼："阿姐，你我少年同窗，闹到这个地步又是何必呢……"

时局还没这么动荡的时候，一位大儒开了个私塾，附近有些权势的子弟都送去那里开蒙，其中就有顾广青和苏元凯。金采鸾平日里陪着顾广青上课，顾广青叫她阿姐，旁的小公子们也就跟着那么叫。

苏元凯在那私塾也不过读了一年，现在把这陈芝麻烂谷子的同窗之谊翻出来，已经是示弱了。

"阿姐，我们各退一步，我保你平安。"

金采鸾冷冷地一笑："没步可退，姑奶奶这辈子都是让别人退。"

03

凉州破城前三天。

金采鸾还是赢了，一百人的护卫队浩浩荡荡地走着山路，护送她去凉州城。

那老人一家被绑着手脚，也踉踉跄跄地走在军队中。

金采鸾坐在马车上，旁边还有一盘盐津乌梅，她无心吃，每隔一会儿就问："过了辽城没？怎么还没过？"

苏元凯还在生气，被她问得烦了，冷冷道："顾夫人不是胆子很大吗？如今怎么这么怕死？"

"废话，我能不怕吗？我女儿还在家里等我，我若不能活着回去，她不得被顾家后宅里那几个小狐狸活吃了！"

"顾司令纳妾了？"

"他敢！"金采鸾的凶戾一闪而过，却叹了口气，"但是男人不就是那么回事儿？你今年二十五还是二十七？屋里姑娘都满了吧，各个都有名分吗？"

苏元凯不吭声了，半晌才道："都是年少的荒唐事了，如今我后宅很干净。"

金采鸾冷哼道："那是因为你有父亲兄长管束，我们家有什么？还不是顾广青说什么是什么。当时他娶我就不情不愿的，我又没给他生儿子，能不折腾吗？"

苏元凯到底年少，又没忍住接了话茬："听说是叫费雪柔，是前清老翰林的女儿。"

金采鸾白了他一眼："你到底往我们家埋了多少探子，是不是净在人床底下猫着呢？"

苏元凯还没来得及回话，前面突然一声巨响，他和金采鸾对视了一眼，掀开轿帘就看见小兵来报："报告参谋长！前方沈军来袭！先遣部队有二十人！有重武器！报告完毕！"

苏元凯立刻掏出配枪，丢下一句"阿姐别怕"便跳了出去。

金采鸾忍不住笑了一下，不是别的，是苏元凯让她想起了五年前的顾广青。

他也说过："别怕。"却不是对她说的。

那时顾广青刚刚接管顾军，被各大军阀围剿，偏他这个人又不善用兵，打了几场败仗，困守桐城。

她那时肚子已经七个月大了，坐着汽车去前线找他。路上颠簸，她几次见了红，却咬着牙忍着，一边看地图一边哄着肚子里的孩子："善善，你得听话，咱们要去救你爹的命，乖。"

枞城是顾军的大本营，没了枞城，顾军的气数也要尽了。她三日没睡，终于赶到了枞城司令部。

　　接连败仗，一整个司令部都是阴沉昏暗的，只有一抹素白的光。但那不是光，是一个穿着素白旗袍的女孩子。她身姿纤弱，却十分貌美，正持着一把伞站在院子里，满脸忧愁。

　　她就是费雪柔，大学校长费齐良的第三个女儿，是时年社交场上有名的美人儿，从英吉利留学回来便做了顾广青的秘书。

　　顾广青从里屋走出来。那时他尚是个小公子，也刚从国外学美术回来，即使穿了军装，也掩盖不住少年的清雅俊美。

　　他并未瞧见金采鸾，而是非常自然地走到费雪柔身旁，接过她手中的伞，问："怎么不在屋里待着？"

　　"听着枪声，我有些怕。"

　　"别怕，"他温柔地笑道，"有我呢。"

　　雪花无声无息地飘落着，两个人站在一起的样子十分缱绻，可惜观众只有一个扶着墙站着的臃肿孕妇。

　　金彩鸾自嘲地笑笑，轻声唤了一声："晏卿——"

　　那是顾广青的字。

　　之后便是昏天黑地的军事会议，等开完的时候，院子里的雪已经积了一尺，顾广青匆匆去前线指挥，费雪柔是他的秘书，自然也跟着去了。

　　金采鸾看着他们的背影，慢慢倒在椅子上。那么冷的天，她却如同从水里捞出来的一样，满头满脸的汗。她抓着旁边的宫爷爷小声说："找产婆来……我怕是……要生了。"

漫天的雪花纷纷扬扬地飘落，前线的炮火不断照亮着天空。金采鸢歇斯底里地叫着，在痛到濒死之际，她看到了许许多多画面。

有小的时候，玛法（满语，指祖父）把她抱在怀里，教她唱戏："海岛冰轮初转腾……"

有刚来到顾府时，顾夫人牵过她的手给她戴上镯子，轻轻说："在这儿好生待着，不用看谁的脸色过日子。等你长大了，你便是这顾府的夫人。"

还有顾广青学成归来的场景。他穿着西装，阳光从他肩膀上透过来，像是那些耀目的岁月。他跪在天井，道："父亲打死我吧，权当没养我这儿子，但和阿姐成婚，绝无可能。"

金采鸢抬起头，一滴汗水顺着下巴流了下来。与此同时，外面的枪声也停了。少顷，震天动地的欢呼声响彻了司令部。

"我们赢了！我们赢了！顾军赢了！"

在这举城欢庆的时刻，僻静的院落里，金采鸢生下了她的女儿。

"夫人……是个小小姐。"

宫爷爷哄着那个哭闹不休的孩子，又是高兴，又是惋惜。

那个软软的孩子被塞进金采鸢怀里，她疲倦地笑了，轻声说："女儿有什么不好，以后多生几个，老王府就回来了。"

04

苏军和沈军的交火还在继续着。

苏军的大队人马都围着金采鸢所乘的马车，没人顾得上先前俘虏的老幼妇孺。谁也没有想到，那两个本应老眼昏花的老人突然挣脱了绳索，夺枪、开路，一气呵成。而那孕妇——那根本不是孕妇——她用身体护着那个男孩，跟着那对老人疾驰。

沈军不知道他们是谁，而等苏军反应过来之后，他们早已跑出射程范围。只见老头背着男孩，老太背着"孕妇"，如两只诡秘的猿猱，几个纵跃就没了踪影。

那个"男孩"一路都乖巧得仿佛不存在，只有这一刻，突然回头凄厉哭喊道："妈——"

金采鸢手里把玩的一小颗盐津乌梅滴溜溜地落在地上。在震耳欲聋的枪声中，她什么都听不到，却无端地长舒了一口气。

成了。

轿帘被猛地拉开，苏元凯满脸是血，仿佛是一只从地狱爬上来的厉鬼。

"你故意的！"他咬牙切齿地说，"你故意要那么多护卫队！你故意引起沈军的注意！就是要趁我们交火时放他们走！你知道我折损了多少兄弟吗？"

他再也没有什么绅士风度，一把拉起金采鸢的衣领，声嘶力竭地吼："他们是谁？！说！"

金采鸢笑了，她是真的痛快。

"苏二爷问谁？那老头是当年老王府的第一高手，宫天源。扮老太太的是顾广青身边的白副官。扮孕妇的虽没什么名气，但你认识，叫费雪柔。"

"那男孩……那孩子……"苏元凯浑身都在颤抖。

金采鸢挣脱开他，细细地整理自己的衣领，笑得妩媚："那不是男孩，是我的女儿，未来顾军的女司令，顾慎善。"

05

沈军大概并未得到什么切实消息，所以他们遭遇的只是沈军一个放哨的小分队。苏元凯轻装疾行，很快就离开了辽城。

这一路上，苏元凯再也没有主动和金采鸢说一句话。

前方线报，顾军兵临城下，凉州城一旦沦陷，苏家将退无可退。苏元凯虽然兵行险招绑架了金采鸢，但并没有什么把握顾广青会为了金采鸢妥协。毕竟这两个人，是有名的怨偶。

但顾慎善就不一样了，至少在当下，她是顾广青唯一的血脉。对顾家、顾军而言都意义非凡。

然而，人都在他手里了，竟然活生生地被放走了。饶是冷静如苏元凯，也忍不住气得冒火。

怪谁？怪探子没报上来金采鸢是带着孩子来泮城的？还是怪金采鸢这个该死的女人，慌是慌、怒是怒，演起戏来跟真的一样？

"苏二少爷想到攻泮城已经是奇招了，不用为难自个儿。"金采鸢心情极好，拈一枚盐津乌梅放进嘴里，"你逮着我们善善也不过是一件军功，而她是我的命，我拿命跟你拼，你能赢吗？你能赢就怪了。"

"你不要吐得哪里都是。"苏元凯冷道。

"哟，嫌弃我啦？不是你小的时候跟着我叫阿姐的时候了。"金采鸢竟有了叙旧的心情，"那时候你是个小胖墩，看谁吃东西就凑上去，为这毛病你大哥没少打你。你最喜欢跟着我转悠了，宫爷爷给我装的盐津乌梅，咱们俩一人一个地吃。"

苏元凯咬牙笑了笑："顾夫人，凉州城马上就到了，你最好祈求菩萨保佑，顾司令有了那姓费的小情人还能来救你，要不然我们苏军的刑房可是等着你呢。"

他扳回一局，等着金采鸾还嘴，可她竟没有再说话。

许久之后，她掀开轿帘，望着不远处凉州城巍峨的大门，轻声道："他会来救我的。"

06

凉州破城前一天。

"宫老爷子，我刚才在会议上说得很明白了，不可能。"

顾广青坐在案头，看也没看跪在地上的老人一眼，白炽灯将他的面容映得有几分冰冷。顾广青已经褪去了少年时那种精雕细琢的秀美，成长为一个不折不扣的铁血将军。

宫天源慌了，他不住地磕着响头："老爷，夫人命也不要，把善姐儿和费小姐毫发无损地给您送回来了，您得救她啊！她是您明媒正娶的顾夫人，您……顾家不能不顾她死活啊！"

"顾家？"顾广青冷道，"我已经为了顾家娶了她了，还要为她放弃这大业不成？"他声调提起来，不怒自威，"张副官，把宫老爷安顿好！不然我连同你一起军法处置！"

几个兵上来把老爷子拖走。曾经叱咤风云的一代高手，如今也不过是个涕泪交横如软泥一般的老人罢了。被拖走的时候，他突然提高了嗓门，号啕道："王爷！奴才该死，奴才没护住小格格……"

副官小心地凑到顾广清身边，道："若是宫老爷子寻了短见可怎生是好？夫人向来看重他……"

顾广青嗤笑道："他要是那么有出息，也不会在顾府倒了二十年夜壶。"

顾广青处理了半晌军务，才发现张副官仍然在一旁毕恭毕敬地立着。他一皱眉，问："怎么了？"

"属下该死，属下知道有句话不该说，但是探子报，苏二爷和夫人的马车马上就要进凉州城了，一入城恐怕……"

"入城怎么了？难道他们还敢把她怎么样不成？"

"不，不是……"

"那你还不快走？"

"是！"

副官走了，顾广青独自一人处理军务到半夜。结束的时候，他摘下眼镜，将一张纸封入信封当中。

那是一张草拟的和离书。

"阿姐，你知道的，我身上担着的是十三城百姓的性命。这是你教我的。"灯光下，他兀自笑了，"成大事者，不可耽于儿女情长。"

07

十年前的午夜，一辆汽车在枫城的大街上疾驰着，最终停在了有名的花凤凰舞厅。

顾广青就住在那里。

那时候他风华正茂，刚留洋回来，是个万中无一的俊雅公子。姑娘们殷勤地围绕在他身边，看他一杯一杯地喝酒，却不敢靠得太近。

顾家家风极严，莫说顾广青这样的长房嫡子，就连亲戚旁系都不敢涉足风月场所，顾广青也是被父亲逼得狠了，才出此下策。

他从西方留学归来，见识了和中国完全不同的美术形式，带了满腔热情，想把西方的油画技术带回来，也想让中国的工笔画走向世界，可回应他的，是父亲兜头的一个耳光。

"你的使命只有一个，就是回来给我当兵！以后继承顾军！娶采鸾！旁的你敢想，我就敢打死你！"

"你打死我吧，我做不到！"

顾广青醉醺醺地靠在沙发上，也没留意台上的歌声不知道什么候停了，舞厅的人分作两半，留出一条路来，一个女子带着几个兵朝这边走过来。

她穿着一身旗袍，却披着黑色的貂皮大衣，几步路走得虎虎生威。到顾广青面前，她拿起一瓶酒，在众女的尖叫声中兜头倒下来。

"醒了吗？"灯红酒绿中，她的面容极冷。

顾广青猛然跳起来："金采鸾你干什么？！"

"醒了就能说话了。"她回头吩咐道，"把少爷的客人请出去，我和他有几句话要说。"

"是。"

作陪的也是枞城有名有姓的纨绔公子，此时一声未吭，灰溜溜地跟着士兵们走了。

金采鸢坐到对面，点了一支雪茄，顾广青这才发现她的手在发抖。

她比他大，最喜欢笑眯眯地欺负他，他从未见过她这个样子——她似乎用全部意志克制着自己不拔出枪来崩了他。

到底年轻，顾广青不安起来。他打小就怕她，嗫嚅着说："阿姐，我不是那个意思，包办婚姻是不幸福的，更何况你是我阿姐啊！我，你，都该和自己爱的人结婚。"

听到要和她结婚，他就有一种罪恶感。

"爱的人？"

金采鸢吐出一口烟圈，冷笑起来："爱？你懂什么是爱？跟你吟几首诗是爱？跟你跳几支舞是爱？顾广青，你知道你今晚喝的酒，是枞城一个普通人家多久的嚼用？你一掷千金的豪气，是顾家给的。你所谓的才华，是顾家用真金白银堆出来的。没有丰衣足食养尊处优，谁会爱你？啊？"

顾广青目瞪口呆地看着她，他一直以为她只是个什么都不懂的旧式女子。

"这四年，你去追求艺术了，你知道我们过的是什么日子吗？如履薄冰。别说姨父作为总司令，就连我，自从开始接触军务以来，我没睡过一个好觉。"

她抹了一把脸，把烟熄灭在酒杯里。

她红着眼，这是顾广青这辈子第一次看到她如此狼狈。

"姨父死了。"

她干脆利落地说。

人在过于震惊的时候，是感受不到悲伤的。顾广青站在那里，只觉得脑子里阵阵嗡鸣："你说什么？父亲怎么了……"

他转身就要冲出门去，被她一把拦住。

"不能去，不能让任何人看出来我们乱了。"金采鸾咬着牙，死死地盯着他，"就是你闹着要恋爱自由的时候，就是你在这儿拿顾家的名声逼着姨父服软的时候，姨父在普遥路被人暗杀了。"

"不，不，为什么？"顾广青脑子里全是乱的。

"姨父临终前告诉我，让我无论如何护你周全。我在渡口安排了船，行李、钱都准备好了，你今天就走，去你的美利坚意大利，搞你的艺术。从此之后，顾家是死是活，跟你没有关系。"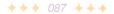

她抬起下巴，眼睛里有两簇火苗："还有一条路，直接跟我回指挥部继任总司令，扛起你顾家长子的责任！从此，跟你的什么劳什子艺术，什么儿女情长一刀两断！"

"我不知道，我需要时间……"

"没有时间！姨父去世的消息锁不了多久。苏军可能就在下一刻兵临城下，你再跑，来不及了。"

她逼近他，厉声道："选！"

08

老帅遇袭，苏军趁机攻城，顾军严防死守，苦战了三天三夜，终于打退了苏军——这归功于顾少帅第一时间来到指挥部，稳定军心。

炮火的余烬如同一场灰黑色的雪，满地都是鲜血和尸骸。城楼上，顾广青如同虚脱了一样坐倒在地上，仰头看着天空。金采鸾走过来，坐在他旁边。

"……这就是我的下半生吗？"他失魂落魄地说。

"是的，我们的下半生。"

顾广青惨淡地笑了，问："婚礼定在什么时候？"

"下个月初六。"

"好。"

胜利的欢呼声与收尸人的哭喊混杂在一起，让这个世界显得荒诞而孤寂。金采鸾抬起手，让顾广青的头靠在自己的肩膀上。

"阿姐。"

"嗯？"

"若我不来，你一个人会赢吗？"

"你都逃了，我拿什么让将士们为枫城拼命。"

"那你会怎么样？"

金采鸾目光悠远，仿佛越过阴沉的战场，看到了红墙绿瓦的某个地方。

"我玛法怎么办，我便怎么办。"

很多很多年前，金采鸾还不叫金采鸾，她叫爱新觉罗·采鸾，住在京城毛三街的童王府里。父亲成贝勒在庚子事变的时候牺牲了，没两年母亲忧思成疾，也去了。她跟着行伍出身的老王爷长大，老王爷打了半辈子仗，革了半辈子命，到头来也不过是赋闲在家，养孙女玩罢了。

在她十岁那年，乱军入京，清帝退位，一时之间，满街都是收拾铺盖往远处跑的八旗子弟。老王爷老病，自知无力回天，带着一家子妻妾要殉国，临到了到底不忍心，让王府的忠仆宫天源和齐嬷嬷把孙女送走。

"送去顾家吧。那是个忠厚的人家。他们手里有兵，起码能护这孩子周全。"

老王爷把家中所有值钱的都给孙女带上了，怕她冷，临走的时候还给她裹了自己的貂皮大氅。小孩尚不懂事，从大氅里探出头来问："玛法，你怎么不同我一起走啊？"

老王爷说："玛法老啦，老得不愿意动了，你自个儿玩去吧。"

她咬着糖葫芦，在宫爷爷背上挥手："那你等我回来哇。"

老王爷含笑着点头。

在那个阴沉沉的冬天，她无忧无虑地骑在宫爷爷脖子上，被人潮裹挟着朝她的命运走去。而她的家就在身后，火光漫天。

顾老爷曾是西南督军，在这样的乱世中韬光养晦，保全了家族。后来坐拥西南十三城，雄霸一方。

顾老爷是老王爷的兵，顾夫人和金采鸾的额娘又是手帕交，所以理所当然地收养了金采鸾，把她和大儿子顾广青一同教养。可是金采鸾在顾家却并不十分开心。有一次下人欺负她，她哭着去找宫爷爷："我们回北京去！找玛法，用鞭子抽他！"

宫天源的脸皱在一起，抱着她哄劝："小格格，王府没了，以后好生在顾家待着，别说这个话了。"

"为什么？"

"因为打仗。"

她躲在被子里咬着牙，想以后要学打仗，打最厉害的仗，这样就能回北京，把玛法找回来。

这时候，被子外传来一个奶声奶气的声音："阿姐，你怎么哭了呀？你也怕黑吗？"

掀开被子，小小的顾广青趴在她床头瞧着她。

"我想我玛法了。"

"等我长大了，带你回北京去看他。"顾广青上来，小手给她擦眼泪，小嘴一瘪，"阿姐，你别哭了，瞧你哭我也想哭。"

她破涕为笑："你哭什么哭！姨妈还以为我欺负你！"

那时候顾广青就已经是个多愁善感的小哭包。他喜欢画画，喜欢读诗，踩着个蚂蚁也要难受个半天。金采鸾时常想，如果是个和平年代，他恐怕真是个厉害的文人——他天生就有那种多愁善感的气质。

可惜没有如果。

09

凉州破城前十二个小时。

凉州城有一座香火鼎盛的庙，叫观落寺。苏大帅上了年纪之后，就时常来寺里坐着，一坐就是一下午。

"人老了，总是信神佛。这一辈子作孽甚多，也不知道菩萨能不能宽恕我。"

"您哪里老了，春秋正盛呢。"

金采鸢和苏大帅坐在寺庙的院子里喝茶，苏元凯在一旁亲自泡了老君眉。

"凉州城一旦被攻陷，苏军也没几天的活头了，这是我的报应……可是元杰和元凯……咳咳咳咳……"苏大帅剧烈地咳嗽起来，苏元凯连忙上前替他拍背。

这世道不争便只有死路一条，金采鸢对他倒没什么怨愤，只是想起小时候时局尚稳当，她随着顾家来给苏大帅贺寿，瞧着他的样子活像只大老虎，还和顾广青咬耳朵："你看苏伯伯，是不是老虎成了精的？"

现在，那只威风凛凛的老虎也老了。

苏大帅喘匀了气，一双浑浊的眼睛定定地瞧着她："我这一辈子，没服过谁。老王爷算一个，你算一个。"

金采鸢讪笑："我算什么，一介女流罢了。"

"虎父无犬女，童王府都是一等一的将才。当时顾帅死了之后，我还以为顾军就完了。顾广青懂什么？他一个画画的。可是我忘了还有你。"苏大帅感慨道，"你若是个男孩，这样的出身，这样的谋略，是难得的将才。"苏大帅又大声咳起来。

"苏伯伯，院子里风凉，我们进屋吧。"

"不妨事，不妨事。"苏大帅摆摆手，抬眼看她，"我派人和顾司令谈了，他退兵三里，换你一条命。他拒绝了。"

山风呼啸而过，卷起了堂前的枯叶，金采鸢垂目，不动声色。

"如今，他羽翼丰满，已然用不上你啦，听说旁边还有个红颜知己……男人嘛，皆重色，何况那小子是有名的情种。我早就预料到了，他不会救你的。"

金采鸾微微一笑："那苏伯伯准备怎么处置我呢？"

"谈什么处置不处置呢？我说了，你不是普通女人，我佩服你。如今苏军气数已尽，元杰是个性子仁弱的，元凯倒是个好苗子，但是年轻冒进。我啊，闭不上眼睛。"

苏元凯低头为他斟茶，苏大帅看了他一眼，慈祥地一笑："元凯，你还记不记得你七岁的时候，求着我们上顾家提亲，要把顾家阿姐娶回来。后来顾司令结婚的时候，你在家里闹了好大一顿脾气，说这辈子不娶女人？"

"爹！"苏元凯这一惊非同小可，"您说这个干吗？！"

苏大帅笑起来："这不是闲聊嘛。臭小子，别说你爹不疼你，当年我真是派人去顾家提过亲，奈何顾帅说你和采鸾年纪相差太大，不同意。可是你看，这缘分啊根本就不在这年龄。"

金采鸾笑出声来："苏伯伯，您这思想还真是年轻人都赶不上……"

苏大帅却慢慢地收敛了笑意："我没开玩笑，元凯房里干净着，你若嫌他年纪小，我可以立刻让元杰休了他夫人。只要你做我苏家的人，我死了也能瞑目。"

金采鸾也收敛了笑容，轻声道："我成了苏家的媳妇儿，顾家的布防、武器、军事机密，也成了苏家的了。"

"呵，"苏大帅笑着摇头，"在你被元凯捉住的那一刻，那些就已经成了苏家的了。我们有三十六座刑房，别说你了，就是铁打的汉子也扛不住。"

古刹红墙下，两个人隔着茶盏对视着。

一个是没了牙的老虎，只剩下阴毒和狡黠。

一个是始终微笑的女子，没人知道她在想些什么。

堂前菩萨低垂妙目，冷眼看着这人间。

一言不发。

10

凉州破城前十个小时。

金采鸾和苏元凯下山的时候买了一份报纸，顾司令的和离书登报了，不日将娶新妇。

"瞧吧，白辛苦一场。"苏元凯平淡地说，"但我没想到，他能绝情到这个地步。"

金采鸾平静地把报纸对折，再对折，轻声道："你只知道我们从小一起长大，没有爱情也有亲情，却不知道，他恨我呢。

"他恨我把他的梦想斩断了，把他变成了他最讨厌的样子。所以他不救我，他用我的方式报复我。"金采鸾疲倦地笑着，"不能因私情忘大义，贻误战机，是我教他的……"

几日前，她是明艳女子，沦为阶下囚，尚语笑嫣然。现在虽仍是妆容秀丽，却无端地疲倦苍老起来。

她以手支着腮，轻声说："我想我玛法了，我还记着我玛法送我出门的时候，我想再同他挥挥手，可是冰糖葫芦太好吃了，我就忘了。"她低头一笑，"一晃二十年了，我真想回家看一看啊……童王府有个树洞，里面还藏着我的玻璃球呢。"

就在这个时候，突然有小兵来报："报告参谋长，有顾军特务来袭！已被击毙！"

苏元凯看了一眼金采鸾，道："是他派人来救你了，可惜无用。"

"不是，他不可能这时候派人来。"金采鸾说着说着，笑容突然僵硬在脸上，然后站起身来疯了一样跑到外面。苏元凯从未见过那样的金采鸾，她瘫坐在地上，面前是一个老人的尸体，黑色的血已然干涸了。

他是个太监，一手轻功独步天下，是当年王府里的第一高手。可是他人生的大半岁月，都是在顾府里觑着脸看门、倒夜壶度过的，因为他要护着他的小格格。

"宫爷爷……"

金采鸾颤抖着伸手去碰他，却被苏元凯拉住了。

苏元凯吩咐手下："把尸体处理了，检查周围，小心有埋伏。"

他没想到的是，金采鸾突然歇斯底里起来，她在他怀里疯了一样地挣扎："宫爷爷！宫爷爷你起来！你不怕我受欺负吗？他们现在都在欺负我啊！你睁开眼睛看看啊！"

老人一动不动地躺在那里。

二十年前，他曾经发过毒誓，就算剩了最后一口气，他也要护着小格格。

现在，他的最后一口气，没了。

苏元凯一边制止她挣扎，一边示意士兵停下："你冷静一点，阿姐，你冷静一点！"

她却没法冷静，双目通红，歇斯底里地吼着："顾广青你个没良心的，你答应过我要保护好王府的人！你怎么可以让他来送死！"

离开北京的时候，她咬着糖葫芦，没有哭，她想让玛法看着她，好好地离开。

在顾府被欺负的时候，她没有哭，哭了，就是输了。

姨父姨妈死的时候，她没有哭，因为她要照顾好晏卿。

被俘虏的时候、顾广青休弃她的时候……她都没有哭。

可是现在她哭个不停，像是要把这半辈子的委屈都哭个干净。

11

凉州破城前五个小时。

入夜了，苏元凯从外面回来，问守卫在门口的小兵："阿姐怎么样了？"

"顾夫人哭累了就睡了，现下醒过来了。"

苏元凯进去的时候，发现她斜倚在窗口，在吃一盘盐津乌梅。见他来了，金采鸾便笑了："接我去刑房？"

苏元凯看了她许久，才道："你答应我爹吧，我不想对你用刑。"

金采鸾轻声道："你觉得我为什么不答应？"

苏元凯道："因为顾家对你有养育之恩，因为你是个传统女子，一女不事二夫。但你我都知道，顾家对你好，开始虽是为了报恩，后来却是想利用你的军事才能。至于顾广青，但凡他对你有一点尊重，也会考虑一下我们的建议，而不是立刻和你离婚。他不爱你，这样的婚姻，这样的丈夫，不值得你守节。"

他耳朵悄然红了，却坚定地看着她："但我不一样。我会喜欢你，尊重你。"

金采鸢看着他，错愕地笑了，笑过之后，轻声道："谢谢你啊，虽然挺假的，但这个时候听到这些，我心里高兴。"

她的目光投向对面苏家的驻扎地，轻声说："但是你说错了，不是因为顾家养育了我，我也不是什么三贞九烈的女子。我不答应，只是因为我爱他啊。"

远处的深山中，寺里的钟被敲响，鸟群在夜空中飞掠而过。

"大清亡了，老玛法没了，我在汉人当中活着，是真正的无家可归。然后我就遇到了他，他还是个小孩，却是第一个真心对我好的人。那时候我便发誓，我要守着他，一辈子。是我自己的一辈子，跟他没关系的一辈子。"她喃喃自语，嘴角缓缓流下鲜红的血，苏元凯上前一步，把她抱在怀里。

"我的家在好遥远的地方，我终究是回不去了。而他……他以后子孙满堂的时候，还会记得我吗？还会好好地对我的善善吗？"她看着苏元凯，目光温柔，像是透过他看到了很远的地方，"用刑我撑不住的，我要去找玛法和宫爷爷了。你瞧，我说过，我有一百种方式杀了自己，你拦不住的，没吹牛吧。"

"嗯。"

苏元凯一直抱着她，直到她的身体变得冰冷，才慢慢地落了一滴泪。

12

凉州破城前三个小时。

几声枪响过后，顾广青漫不经心地擦拭着手枪，道："一群废物。"

连带费雪柔在内的属下们捂着耳朵，一句话都不敢说。

顾广青兀自去了屋里，继续开会，研究什么时候发起总攻破城。

费雪柔刚想跟过去就被副官拦住了："你最近少在司令眼前晃。自从夫人被俘之后，他性情暴虐得很。"

"可是他们不该死吗？一个七十多岁的老人还看不住，谁都知道夫人最是看重王府的旧人，等夫人回来了司令怎么交代啊！"费雪柔道。

"这都什么时候了，也就你觉得夫人能回得来。"

两人还在争执，就听里面叫："张副官，拿个新地图进来。"

总攻时间定在凌晨，顾广青趴在桌上短暂睡了一会儿，正迷糊的时候，有人走进来为他盖上了一件衣服。

顾广青抬起头，看见金采鸢站在暖黄色的光里，朝他微微一笑："怎么又在这儿睡？待会着凉了怎么办？"

"你怎么回来了？我还没去接你呢？"

顾广青把她抱过来放自己腿上，把头埋在她怀里。

"我怕你不来接我，我可不就自己回来了吗？"

"傻，我怎么会不救你呢？不救谁也不能不救你，你是我老婆，我阿姐，我最亲最亲的人。"

抱着她，很温暖，很舒服。那是他最熟悉最安心的感觉，他轻声说："阿姐，等这仗打完了，我就带你回北京，我不食言。"

金采鸢就笑了，捧着他的脸轻声说："晏卿，这么多年，我逼着你赶着你，你恨我吗？"

"我不恨你，我只恨自己长大得太慢了。若是之前，你落在他们手里，我一定就慌了。可是现在，我不慌，我要为你遮风挡雨。阿姐，以后你就不用这么累了。"

顾广青话一出口，便睁开了眼睛。灰暗的客厅里，只有他一个人。

"阿姐？阿姐？"

他惶然地站起来，又慢慢地坐下来。

白副官已经带人潜伏在了凉州，在破城之际会趁乱把她救回来。

不用慌的，完全不用。以后，他们还有好长好长的路要走，现在演习一下见了她要说什么吧。

一定要说的，是对不起。那个月，总和她吵架。

西医说，她生善善的时候伤了身体，以后无法再生育了。听到这个消息之后，她失魂落魄，一连几天，什么都做不下去。

他一开始好好地哄着："阿姐，我一点儿都不在意。我们有善善就够了。"

"又不是你不能生，你在意什么？"她苍白着脸冷笑，自从费雪柔当了他的秘书，她对他一直是这样的态度。

他始终不明白，她为什么对生孩子有这样大的执念，直到他偶然听到了她和宫老爷子说的话。

"我原打算多生几个孩子，教他们说满族话，唱玛法教我的歌，这样我的家就回来了。可是终究是不能了。"

她是满人，在这个没有一个族人的地方，她始终觉得孤单，所以她一直有一个荒唐的想法，生许多孩子，她就有很多族人在身边了。

"你的家就回来了？那我是什么？"他那天发了很大的脾气，"我是你的丈夫，我和善善就是你的家，你还要去哪儿？！"

她虽然从小就爱欺负他，可是大多数时候还是顺着他的，但那段时间她一直很冷淡。

"你不是。"

你已然能独当一面了，随时可以休弃我。日后，你会妻妾成群，子孙满堂。而我呢？除了自己的孩子，我一无所有。

他不能理解她强烈的不安，她也不能理解他的自卑和恼怒。

"你看不起我对吧？你从来就没把我当成你的丈夫！只是为了我爸妈在照顾我！"他咬牙切齿，口不择言，"你有什么了不起的！大清亡了！老王府早就没了！你只有我！你只有顾家！"

话说出口，他便后悔了，抓起衣服准备出去，却被她叫住了："晏卿，你爱过我吗？"

这是她这一生第一次也是唯一一次问这句话。

他处于恼怒中，未答就摔门而去。

后来，听说泮城有个老中医很灵，她突然便有了精神，带着善善和宫老爷子就去了。他懒得管，只吩咐了白副官和费雪柔跟着，白副官是军营里一等一的高手，费雪柔也经受过特务培训，他以为不会出事。

可是偏偏就出事了。他们三个人带着善善回来了，而她却落在了苏军手里。

"你们怎么能把她一个人扔在那儿？！"他目眦欲裂，几乎要掏出枪来崩了他们。

要冷静，不能慌，不能再让她看不起。她在等他，他必须冷静地、完好地把她救出来。

到时候，他要对她说，对不起。

还要对她说，我爱你。

无论你有没有用处，无论你好不好看，无论你能不能生孩子。

我都爱你。

13

破城的第一枪，终于打响了。

顾广青从浑浑噩噩中清醒过来，打开门跑到院子里。

管家慌张地拦住他："老爷！您怎么跑出来了？"

"是破城的枪声响了？我要去接阿姐！"

"是是是，他们已经接到夫人了，您在屋里等着就行了。"

"是吗？那快去准备点吃的，夫人平日喜欢吃的乌梅呢？"

"是是是，您好生待着。"

马上就要见到阿姐了，他们整整分离了五天。这五天他是怎么熬过来的呢？

突然，一声巨大的炮响让大地震颤。

顾广青身子重重一震，许多画面在脑海里纷至沓来。

他冲出门去，大声喊着："谁让你们用重武器的！夫人还在凉州城里！"

没有人顾得上他，所有人都在前线跟着顾师长与日本人作战。

离攻破凉州城的那一夜，已经过了整整二十年了。

那一年，顾司令终于破了城，他准备了许多许多道歉的话想和自己的夫人说，可是早在破城前，她就已经自尽了。

她觉得他不会来救她，所以，她没有等他。

他抱着那具已经冰冷的尸体发了好久的呆，又仿佛是那个惶惑的少年郎。

怎么会呢？那么活色生香的阿姐，就在五天前还在朝他笑，和他吵架，她就在他怀里，怎么就不会睁开眼睛了呢？

他抱着她，一直唤着，对不起，阿姐，以后你说什么，我都听。

可是她不理他了，再也不理他了。

他在那一刻，才终于懂了她的心情。

天大地大，无家可归。

14

"老爷子要出了什么事，我让你们好看！"

顾慎善一巴掌把管家打了个趔趄，她是顾军唯一的继承人，最年轻的女司令，后来加入了抗日的阵营。而凉州，乃至整个苏军早在二十年前就已经被顾军绞杀殆尽了。她如今和沈军在共同攻打被日军占据的辽城。

就在战况最激烈的时候，谁也没注意晚年罹患阿兹海默症的顾老爷子突然朝辽城跑去。

"阿姐，我来接你了！"

他满头白发，却笑得如少年一样赤诚："你不要怕，我就来。"

在城门埋着的炸弹即将被引爆时，在机枪声中，所有人都在后退，只有他，跌跌撞撞地向前跑去。

他跑到城门口，看见他年少的爱人正在朝他笑，穿着一身洁白的绸缎旗袍，她说："晏卿，我一直在等你。"

他在枪林弹雨中奔跑着，白发和皱纹还有这些年的痛苦全部消失了，他又变成了那个风华正茂的将军。

在破城那一刻，他抱住了她，穿越了二十年的岁月，他终于说出了那句迟到的话："阿姐，我爱你，我怎么会不爱你啊！"

什么时候爱上她的呢？

年幼时那样斯文瘦弱，第一次跟学堂里的同窗打架，挨揍了还要扯着脖子喊："反正不许你老缠着我阿姐！那是我的阿姐！"

在巴黎学画画的时候，一封一封地往家里写信："阿姐，你过得好不好？"

不想继承顾军，不喜欢包办婚姻，却在拥抱她的一刻，像拥有了全世界。

还有那么多年，那么多年的努力，也不过是因为，不想让她失望。

怀里的她抬起头，温柔地说："我知道啊，这些年，辛苦你了，晏卿。"

于是，他笑了，听不到顾慎善歇斯底里的喊声，在巨大的火光当中，他变得很轻。

半生戎马与孤苦，灰飞烟灭。生逢乱世，美人名将变成了话本子里的传记。

至少在那个结局里，他们再也不用分开了。

END

婆娑苦

苏将军的宅子里闹鬼。

先是两个小孩指着窗口，说半夜有个红衣裳的阿姨在那里。那年月是个乱世，军阀各占一方，民不聊生。"德先生"和"赛先生"还没来得及清除那些封建余毒，众人一听这话自然人心惶惶。苏将军戎马半生，只得那两个血脉，管事儿的嬷嬷不敢怠慢，发了电报，让出访美国的苏将军回来。

小少爷才五岁，是个极为敦实的小胖子，被嬷嬷抱在怀里，天真无邪："就是有个红衣裳的阿姨，她就站在窗口朝我招手儿，叫我过去呢！"

少小姐大些，也不过七岁，细声细气地说："我一开始以为是阿檀说怪话呢！后来真看到一个人影。"

他们的大名是跟着苏家族谱起的，小少爷叫苏坤晨，小小姐叫苏坤婉，但小名儿是他们亲娘起的，一个叫阿檀，一个叫莲花。

都是佛性重的东西，前将军夫人喜欢翻佛经，她说孩子的父亲杀业太重，起个这样的乳名，求个善缘。

将军夫人祖上也是有些声望的人家，后来败落了，因着和苏家沾亲带故，就投奔来打秋风，一来二去的，不知怎么着就跟当时还是苏小公子的苏将军好上了。

本来那样的家境也做不了正头夫人的，可当年是个乱世，老帅战死，时局动荡，苏将军一人说了算，就娶了她做太太。大概是命薄，消受不起这么大的福泽，生下小少爷没多久这夫人就去世了，而死因是将军府人人避而不谈的禁忌。

听闻她生了重病，每日吃斋念佛，然而还是一日一日地衰弱下去，最后竟是瘦得皮包骨头，面若骷髅。男人哪有不重色的，那时候苏将军也不常回家，只嘱咐着医生勤些来。后来那女子竟拖着病躯投了海。

那是个午夜，海风萧瑟，苏将军带人赶到的时候，天海茫茫，早不见了人影，只留了苏将军家传的玉镯，用一个盒子装了，放在岸边。

里面还有一封信，写了不明所以的诗文：娑婆苦，光影急如流，荣辱悲欢何日了，是非人我几时休，生死路悠悠！三界里，水面一浮沤，纵使英雄功盖世，只留白骨掩荒丘，何似早回头。

02

"那阿姨长什么模样呢？"

"好看……虽然衣服脏，头发也乱，但是好看，她眼下生着一颗痣。"

阿檀和莲花这一日是拉着手睡的。阿檀这孩子最皮实，也不见害怕，莲花却是心重，她想了想，又推醒了弟弟："阿檀，你瞧那阿姨，像不像……像不像阿姐？"

阿檀被扰了瞌睡，也不见恼，咂咂嘴："眼睛是有点儿像阿姐的……"

说完这小人就歪到床上睡了，莲花却睡不着了。娘走的时候她才两岁，两岁的孩子记得什么呢？她却偏记得娘的模样，皮肤极白，眼下有颗小痣，总是冷冷淡淡的，偶尔会把她揽在怀里，读些书给她听，声音好轻好软。后来家里便办了丧事，像下雪一样，漫天的洁白。雪化了，阿娘就不见了。

莲花想着，觉得就要落下泪来了，她连忙忍住。父亲说了，他不在，她就是家里的顶梁柱，不可以哭鼻子的。

秋风从窗缝里吹进来，发出一阵嗡嗡的响声，莲花怕吵到弟弟，想去关紧些窗户，刚一起身，头皮就麻了。

那窗口，分明站着一个人！这是三楼！怎么会有人呢？！

那人轻轻一推，窗户便开了。阿檀说的没错，她穿的是红衣裳。

那红衣裳女人一步一步朝床走来，莲花吓得已经不会动了，旁边的阿檀睡得像小猪一样。

是阿娘吗？她还魂回来，来看自己和弟弟吗？

"阿……"

女子头发乱而长，慢慢地，她向莲花伸出了脏而满是污垢的手……

突然，灯光大亮！女子被一脚踹飞，匍匐在地上。

"我倒要看看你是哪路的鬼！敢把主意打到我苏家！"

苏将军从暗处走出来，手里的枪指着地上那长发披散的女人，李嬷嬷也忙不迭地赶来。

阿檀被吵醒，从床上坐起来，一眼见到苏将军，喜极了："爹！我梦见你回来了！"

苏将军没空陪儿子说梦话，厉声说："把他俩带出去！"

老嬷嬷忙不迭地应，一手抱起阿檀，一手去牵莲花，却牵不动，她不走。

倒在地上的女子想是痛极了，呕出一口血来，缓缓地用胳膊撑起身来。长发半掩住她的脸，然而灯光下，所有人还是看得分明。她生得极美，杏核眼下有一颗泪痣。

"夫人！"李嬷嬷失声叫出来。

苏将军看着她，半眯了眼。时隔五年的夫妻，一个站在光明处，戎装端正，一个匍匐在地上，如恶鬼。

"陆盏音。"他一字一顿地叫着这个名字，脸上露出一个奇怪的笑容，"我有没有告诉过你，再出现在我面前，我就要你的命！"

话音未落，他就扣动了扳机。那么近的距离，她根本来不及闪躲！

枪声巨大的轰鸣过后却不见血光，李嬷嬷拼了老命，在最后一刻撞开了枪口。

子弹打偏了。

"瑜哥儿！"老太太涕泪交横，她是看着苏将军长大的。如今连老爷也不叫了，只喊着他的乳名，"你的骨肉在这里看着你，你不能当他们的面儿做这种事啊！瑜哥儿！当初是你八抬大轿把她娶进门的！她千错万错，都是你明媒正娶的夫人啊！"

莲花"哇"的一声哭出来，阿檀不懂，见姐姐哭，自己也跟着哭起来。

窗外，一道闪电划过，这个秋天的第一场骤雨，开始了。

陆盏音瘦得皮包骨头，满身脏污，被李嬷嬷拉着换好了衣服。五年前穿过的墨绿旗袍，此时穿着却空荡荡的，她比那时还要瘦了。

苏将军坐在办公桌前，擦拭着枪。盏音上前去拉他，却被他条件反射地一把掼到地上。盏音坐在地上，小声哭泣起来："阿瑜你这是怎么了啊……"

苏将军冷笑了一下，笑着笑着，拍案而起，把枪口突然对准了她！

"你又在玩什么把戏？"

黑漆漆的枪口抵着陆盏音的头，她像个被吓坏了的孩子一样，浑身发抖："我听不懂，阿瑜我听不懂你在说什么，你不要这么对我好不好？我好害怕，你是不是不想要我了？可是，可是我们有婚约的……"

她哭到最后喘不上来气，拼命咳起来。苏将军终于觉察出她的不正常来。

陆盏音是个极为淡漠聪慧的女人，在他们结婚的那些日子里，别说这样哭，她连笑容都很少。而且她几乎没叫过他"阿瑜"，总是一本正经地叫他的字——成瑜。

不，也不是没叫过。

她小时候寄住在他家的那些年月，就叫他阿瑜。

"阿瑜，我们一块儿去摘李子吃！"

"阿瑜，先生的书你默熟了吗？"

那时候她好像还没有现在的莲花大，梳着两条小辫子，懵懂地看着他。

苏将军不可置信地看了她一会儿，枪口从她的额头慢慢下滑，抵住她的胸口。

"陆盏音，你装什么？五年了！我还会信你？"他的枪抵住她的心脏，强忍着愤怒微笑着，"陆盏音，我不杀你。当年你欠我的，欠全军上下的，我一样一样向你讨回来。"

04

陆盏音和苏将军其实算得上青梅竹马。陆家祖上是前朝大儒，官至尚书，与苏家是姻亲。后来到陆盏音父亲那一代已经败落，只剩下祖产，勉强维持些体面。那时候女学兴起，陆老爷想让一双儿女都上个学，可是家中捉襟见肘，只能厚着脸皮去苏家打秋风。

那时候，苏家在族中办了个小学堂。请了前朝的举人和西洋的先生教自家子弟，周遭名门子弟都来上学。

现在想来，当时一块儿上学的同窗，都成了赫赫有名的人物，比如和苏成瑜日后成了死对头的顾司令，还有一个叫金采鸾的清朝小格格，说是顾司令打小儿定下的未婚妻，生得高贵秀美，一学堂的小男孩都偷偷地瞟她。苏成瑜的弟弟苏元凯尤甚，天天阿姐阿姐地叫着，顾广青那一阵儿天天跟他打架。

苏成瑜只觉得他们幼稚极了，他当时怎么能想到，自己的弟弟日后会为了那样稚嫩的悸动，间接赔上性命，他当时想着的不过是如何偷懒罢了。

陆家小兄妹家境最不好，却一板一眼读得最认真。陆盏园是个极为方正乖巧的孩子，也知道家里的状况，不怎么去招惹苏家的人。陆盏音却不一样，她特别喜欢缠着苏成瑜，好像那才是她自己的哥哥。

苏成瑜不爱搭理她，他腿长，几步就没影儿了，她就在后面追啊追："阿瑜，你慢点儿，我跟不上了……"

"烦死了，你老跟着我做什么！"那时的小少年，总是这样冷淡。

那时的小姑娘却最是娇憨皮实，无论他怎么嫌弃，都笑眯眯地跟着他："我喜欢你呀！我喜欢你才跟着你。"

院里调皮的小男孩一见他俩就热热闹闹地起哄：

"苏成瑜！你媳妇儿来了！"

"苏成瑜！给你媳妇儿买糖吃！"

"猪八戒背媳妇儿！苏成瑜背盏盏！"

苏成瑜越发烦，却总也甩不掉她。

然而有一天，陆老爷到府上告别，他那时的经济状况已经无法支撑全家待在城里，所以决定带一双儿女回乡下。

陆盏音拉着苏成瑜的手，小小的女孩掉了好多眼泪，少年别扭地掰开她，头也不回地走了。

这一别，就是十年，十年后，陆家人却又找上门来。

那时苏将军和苏元凯死在了顾广青手下，顾广青从凉州一步一步逼近，苏成瑜正心乱如麻，门房通报说："陆家小姐求见。"

苏将军那时忙着军务，见谁都没好声气："鹿什么鹿！还四不像呢！"

"爷，是之前和您同过窗的陆小姐，陆博成老爷的那位千金。"

"不见！"

门房回头刚要走，被苏将军喝回来了："你说的是陆盏音？"

陆盏音那天穿着一件暗色的格子旗袍，拎着藤箱子，清丽雅致，娉婷端庄。她走进来的时候，到处挤满了看热闹的仆妇丫头，李嬷嬷说："老天爷！我竟没见过这么漂亮的人物，竟是仙女托生的不成？"

陆盏音在这府里寄居了六个月。

六个月后，她成了苏家的女主人。

大部分苏家人都认为陆盏音是一个极有手腕的女人。不仅因为她拿下了苏将军，还因为她实在是把"苏太太"这个角色当得太好了。

时下正是新旧交替，风云变幻的时候，有些大户人家的夫人裹着小脚，颇有些带不出去。而那些个进步时髦的妻子，面对宅院里一屋子的封建仆人，又有些调理不过来。

陆盏音却做得得心应手，她留过洋，能说一口流利的英语，可以穿着晚礼服陪苏将军出入各种社交场合。此外，陆家虽落魄，却是正儿八经的名儒世家，那些旧日大宅夫人的治家手段，陆盏音是一丁点儿也不缺。于是不到一年，老夫人早丧留下的烂摊子便被她打理得井井有条。

按理说，这样一个太太没人会厌弃。但是五年前，她刚生下阿檀，又生了病，苏将军却拿着枪回家，一定要杀了她。

05

陆盏音起床的时候，就被一件衣服兜头盖住了脸。

她拿下来，是苏将军，他站在床边抽烟，一脸阴沉地看着她。

"起来。"

"做什么？"

"起来！"

他懒得跟她废话，转身走了，她有些蒙，尽量快地穿好衣服，还未梳头，就被他去而复返地拽出来。

在别墅正中央的大堂，所有仆人都老老实实地站在那里，苏将军一把把她掼到地板中央。刺目的阳光让陆盏音有些睁不开眼睛，她抬起头，惶恐地看着他，苏将军在下人面前踱步。

"这几天的事情大家都知道，这女人在这里装神弄鬼，冒充我死了的夫人。我留她在宅子里是要看看，她究竟是什么来头，没想到有些人会错了意。"他从警卫员手里接过一盘饭菜，"啪"地扔在地上，满地油污："厨房给她吃的这是什么？一个坑蒙拐骗的，配吗？"

碎裂的瓷器飞溅到陆盏音身旁，她直起身，沉默不语。

"我听说还有人叫她夫人，我看你们是皮痒了，我今天在这里重复一遍，谁敢叫她夫人，或是在外面传什么我不喜欢听的谣言，有你们好看！"

众人噤若寒蝉，苏将军倒是笑了笑，只是这笑容说不出的冷："都听明白了吗？"

"听明白了！"众人同时回答。

苏将军用靴子尖踢了陆盏音一脚，她痛得浑身蜷缩起来。

他冷声说："你听明白了吗？"

陆盏音睁大眼睛看着他，似有泪光，她倔强地没有出声。

苏将军一伸手，旁边的苏沉已经递了鞭子过来，他毫不留情地一鞭子抽过去。

"我问你话呢，你听明白了吗？"苏将军冷声说。

陆盏音惨叫一声，整个人被打翻在地上。一道血痕横贯了陆盏音的肩头，她伏在地上，痛得说不出话。

苏将军随手又是一鞭："听明白了吗？！"不知道抽了多少鞭子，下人都拼命低头，不忍心看。

陆盏音却始终没有回答。

"硬气是吧？当我治不了你？"苏将军的眼睛已经红了，他扔下鞭子，对警卫员说，"带上她，去司令部。"

警卫员犹豫了一下，马上被抽了一个耳光，他只能站直："是！"

06

陆盏音睁开眼睛的时候已经不是在苏宅了，目之所及，是一片阴暗的牢房，四周一股恶臭的味道。隐隐地，传来人声。

"这个女人身体条件堪忧，将军刚施了鞭刑，如果再用刑的话，很可能熬不过去。"

"让开！"

陆盏音的视野里出现了苏成瑜的军靴。她明白……刚才那顿鞭子，不过是在下人面前立个威，现在才是主菜……他说过，让她生不如死。

"你说你失忆了……"

苏成瑜漫不经心地挽着袖口，因为伤得太重，他的声音对她而言忽远忽近。

陆盏音几不可闻地点点头。

"那么，我问你湖城特务的名单，想必陆组长一定是不知道了？"陆盏音苦笑了一下，他加重了语气，"我让你说话！"

她抬起头，说："我不该来找你的。"

苏成瑜嗤笑一声："我也纳闷，你哪儿来的胆子。"

她回答："我只是喜欢你，我没做错什么。"

这一句喜欢与地牢的环境如此格格不入，苏成瑜看着她，面无表情。

"我醒来的时候，老宅就我一个人，我爹娘哥哥都不见了，庭院里荒草丛生，像是多年没人住过，旁边的邻居也换了姓名，我不知道我该怎么办，我只能来找你……我只有你……"

她一直都知道，怎么哭才能让他心软。

二十年前的苏家庭院，小姑娘拖着少年的手，哭得毫无形象。

少年觉得心烦意乱，旁边大人的打趣更让他觉得羞耻，他别扭地别开她的手，嘟哝了一句："哭什么，又不是不回来了。"

说着，他跑远了，径自去找了他母亲。

小姑娘坐在台阶上，看着家里人来人往地收拾东西，就在要被保姆扶上马车的时候，突然听见了少年的声音。

"喂！你等会儿。"

那个平素懒洋洋的少年跑过来，先对陆老爷施了一礼："陆伯父，我有些话要跟盏盏说，能否耽误您些许时间？"

待陆老爷同意，就拉着她到一边。

看着他，小姑娘又要咧嘴哭起来："阿瑜，我不想跟你分开。"

他说："你要哭鼻子，我就走了。"

小姑娘便扁着嘴忍着眼泪听他说。

"我昨天同母亲说了，过两年等你大了，我就接你回来，母亲同意了。"

"可是……我们家搬去乡下了，我跟你回来住哪儿啊？"

"傻，到时候你就嫁给我了，是我家的人了，自然是跟我住在一起了！"

彼时的小姑娘尚不懂嫁娶的含义，只是觉得如果能和阿瑜永远在一起，真是再好不过了，于是带着眼泪笑出来。

少年见她不哭了，便也露出了一个不易察觉的笑，不过他很快又故作冷淡地板起脸："你可得好好学功课，别回来什么都不会。"

"那你给我写信吗？"

"看心情。"

那边的保姆唤："小姐！该走了啊。"

她一只手被保姆拽着，还不忘回头看他："阿瑜，你别忘了！"

少年站在原地，一身雪青色长衫，用力朝她挥手："不会忘的，等你长大了……我八抬大轿接你回来。"

07

一缕发丝垂在陆盏音脸侧，她含着眼泪轻声说："你忘了对不对？"

"胡扯！"苏成瑜一脚踹向牢门，铁器的撞击声无比刺耳。他在地牢踱了几步，朝她露出一个冷笑，"陆盏音，夫妻一场，你现在说了，我还给你个体面！"

"什么夫妻一场，我说什么……我什么都不知道！"

"你的任务是什么？你的那些同伙儿，如今在哪里？"

陆盏音绝望地闭上眼睛，哭喊道："我都说了我不知道！我不知道！"

"上刑！"

苏成瑜点燃了一根烟，眯着眼睛看着她："情报局的陆组长，既然你忘了，我就讲给你听。当年，我和顾广青斗的时候，从美国运来的医疗物资被你们劫了，无数弟兄就这么死在我眼前！我怎么就没想到是你呢！因为你，我的命，苏军的命，都差一点儿就没了！用刑算什么？我让你活到现在，你就应该感谢菩萨！"

上刑了。

陆盏音浑身痉挛着，发出让人毛骨悚然的尖叫。

痛，骨子里的痛，整个人好像都不存在了，只有痛，无止无休的痛。

她向来怕疼，小的时候一颗蛀牙也要哭好久。阿爹阿娘说，这么娇以后怎么办，得找个好丈夫。可是站在那里对她用刑的，正是她的丈夫。

陆盏音昏厥之后，又被泼了冷水，重新醒来。

苏成瑜背对着她抽烟，听她醒过来，就说："你扛不过去的，早晚都是说，现在说了，我们都少费点力气。"

她嘴唇苍白，喃喃道："你……你让我说什么……我真的不知道。"

08

陆盏音生阿檀的时候难产，平日里优雅美丽的女人，死死拽住旁边李嬷嬷的手："我不生了！"

李嬷嬷被她哭得心慌意乱，就在她不知道该怎么办才好的时候，苏成瑜到了。

他从司令部直接到医院来，身上还带有枪火的气息，听到这句话生了气："你说的什么混账话，孩子是你想生就生，不想生就不生的吗？"

"可是太疼了！我真的……不行了。"

苏成瑜眼睛竖起来，对着医生就吼："你聋啊！没听见我太太疼得受不了了吗？"

医生对这个活阎王没有办法，只得唯唯诺诺地说："将军，我们，我们尽力……您出去一下……"

"出去什么！老子就在这儿！太太要是出事，你们有一个算一个，全都别想跑！"

折腾了一夜，阿檀终于出生了。李嬷嬷欢喜不尽："恭喜将军！儿女双全！"

苏成瑜抱着孩子，咧开嘴笑了。

四下无人的时候，陆盏音依在他身边，轻声说："我总算是给你生了个儿子，以后……"

"儿子女儿都一样，以后再也不生了。"苏成瑜亲亲她的额头，以前所未有的温柔低声说，"盏盏，再也不生了啊。"

09

陆盏音睁开眼睛的时候，夜已经深了，她动了一下，发现身上的伤口都上了药。

李嬷嬷在旁边抹着眼泪："作孽啊！他怎么下这么重的手……"

她艰难地翕动嘴唇："我要喝水……"

说是要给她施以最重的刑罚，可是最后一刻，苏成瑜喊了停。

陆盏音知道，她赢了。

25 行动小组在针对日军的一次行动中出了叛徒，一个组的人，除了组长陆盏音之外，都没了。

她扮成乞丐，一路逃亡。但是她发现自己无路可逃——去辽城，沈汉之狠戾，后果不堪设想，去东南，顾广青和苏成瑜是死敌，一旦被抓到她也必死无疑。可是她不能死，所以眼下，她唯一能活下来的办法是去湖城。湖城是苏成瑜的势力范围，如果他肯护着她，绝对可以等到组织联系她的那一天，把情报传出去。

只是当年那些事……如果她是苏成瑜，一定会杀了她。

幸好，苏成瑜有他的弱点，他太重感情。分析也不过是一瞬间的功夫，决定之后，她就已经在去往湖城的路上了。

虽然去找苏成瑜是密谋已久，但是被他发现却是猝不及防，她之前想了很多个故事版本，可是仔细一想，全都是破绽，于是她就选了最傻的一条。

装傻。

无论你问我什么，我都不知道。

我什么都忘了，我只有你。

她知道苏成瑜喜欢的是什么。尽管她几乎是个完美的太太，和他做夫妻那几年也算得上恩爱，但是苏成瑜爱上的，或是最爱的，还是年少时的她。

一切都没发生时，那个懵懂的天真的小姑娘，单纯又热烈地喜欢着他。

她在赌，几乎百分之九十九的概率她的装疯卖傻会让她死得更快，只有那百分之一的可能，她赌苏成瑜面对着最初的爱，最初的那个人，会不会下不去手。

她赌赢了。

10

19岁的陆盏音其实早就忘记自己小时候为什么会喜欢苏成瑜。老实说，就连苏成瑜这个人，都被她忘得差不多了。人性命无虞的时候，才能谈情与爱。

离开湖城之后，去不起学堂，陆老爷就在自家天井一字一句地教儿女读书。他们摇头晃脑地跟着爹读："人闲桂花落，夜静春山空。"

陆盏音不懂事，攀着爹爹问："我什么时候能去美利坚国呀！阿瑜说他长大了要去美利坚国的！"

陆老爷便为了难，本来就很长的脸拉得更长了。

陆盏园便过来拉她："别磨爹爹了，等长大了，哥哥送你出国。"

"说话算话！"

"谁蒙你这个小丫头啊！"

她被哄得高兴了，就小燕子一样满场跑起来："我要出国了！要出国了！"

"跑什么！你这个疯丫头，真是惯得坏坏的了！"母亲一边拿着绣绷子，一边嗔怪。

哥哥没再读书，而是开始学做生意。说也奇怪，陆老爷一个读书人，养出的儿子却在经商方面极有天赋，陆盏音十六岁的时候，送她出国的钱就已经攒够了。

"音音，开心不开心？"他是真的得意，做一个说话算话的哥哥，值得得意。

可是，日本人来了。

她已经记不清楚那个月她经历了什么，只记得鲜血、尸骸和到处歇斯底里的哭号。

母亲外出的时候正遇上一伙日本兵，被杀了，哥哥要带着家里人逃亡，父亲是个懒散的读书人，可是他说，这是中国人的地方！该逃的不是我！

不服日本人自然是要被杀的，日本兵上门时，父亲燃起一把火，听说那火火光冲天，桂花树、天井、绣房、字画古董、年少的梦，都在烈火中变成了灰烬。

她被哥哥捂住嘴，坐上了逃亡的船。

她是真的去了美利坚，一边哭一边离开的，哥哥站在岸边，朝她挥手。可是她度日如年，她知道她的家乡每一天都有人死去。她拼了命地学习，一切能帮着祖国的东西，都要学。

两年后，她回了国。

哥哥死了。他是个不听话的商人，暗中资助革命活动，死前被日本人拿来做病毒实验，极为惨烈。

居然还有照片，她捧着那张照片，流干了最后一滴泪。

"你是陆盏园的妹妹吧，你哥哥是个好样的。"

那是她后来在情报局的领导对她说的。沈红穿着西装，有一种男女莫辨的清秀，她说："我们会好好照顾你……你最近有什么打算吗？"

她笑了，她没想到她竟然能笑。只要笑了，就什么都不怕了。她轻轻说："报仇。"

11

陆盏音被沈红培养成了特工。

她留过洋，会说一口流利的英语，更重要的是，她有一种纯净的气质，能让人不设防。与此同时，她却有着极强的行动力。她第一次对付的是个脑满肠肥的汉奸，她冒充舞女混入舞厅，朝那个男人怯生生地笑，然后干净利落地结果了他，然后在乱作一团的现场，她穿上貂皮大衣，不留痕迹地离开。

等行动小队的人都安全脱身，她点起一根烟，烟雾萦绕。

谁也没想到，一个普通乡绅家庭养出的娇娇女能够做到那个地步。她骨子里有一种漠然，那种漠然，让她在执行任务时得心应手。

八年前，陆盏音接到的任务是潜伏在苏成瑜身边，伺机而动。

苏成瑜作为割据一方的军阀，立场一直摇摆不定，虽不像沈家那样明显亲日，但一直没有明显表态。无论哪方想要拉拢他，他都含糊其词。

"听说你和苏成瑜小时候认识？"沈红问。

苏成瑜这个名字仿佛一件太久太久没有穿过的衣裳，还未打开就散发着霉味。陆盏音想起儿时最高兴的事情，就是收到苏成瑜的来信，他这人不喜文墨，字却很漂亮。

"你之前喜欢的芍药，开得很漂亮，好几个女孩儿都往头上戴，我觉得不过是老母猪带花儿罢了。你回来，我摘给你。"

"你上次写的信，错字真是多得不行，要不你就回了你父亲，还到这边来上课吧。"

"昨儿夜里落了雨，想起你的说话声，一整夜没睡，全要怪你。"

于是她点点头："是。"

"苏军的势力不容小觑，努力争取一下让他和我们合作，如果他有别的动向……你知道吧？"

"是。"

这才是她来到苏家的真正原因。

12

陆盏音躺在床上，看着那一片混沌的黑暗，身上的伤疼得已经麻木了。这些年，再严重的伤她都受过，这些不算什么。

她努力回忆着和苏成瑜之间的点滴。在这里，她唯一的依靠就是苏成瑜的"旧情"。

她要活下去。

活下去，才能把手里的情报送出去。

刚重逢的时候，两个人都很冷淡。因为局势变化，他没去成美国，而是从士兵开始历练，一路打拼上来，带了些许痞痞的气质。一张脸却是干净，眼睛狭长，皮肤极白，笑起来总有一种玩世不恭的味道："怎么早没来找我？"

"被家父送到美国去，回来之后，筹备丧事，这两日才来湖城。"

他看着她，许久才淡淡一笑："陆家妹妹何必这样疏远，小的时候我们玩得是极好的。工作嘛，不用着急，先在府里住下吧。"

后来，他便常常来看望她。有的时候说说小时候的事情，有时候就坐着瞧着她。她看书、收拾东西、做些绣活儿，他就懒洋洋地坐着，她猝不及防地一抬眼，就看见他瞧着她，眼底有一种看不懂的东西。

有一次他从她身后俯下身，看她的绣绷子："你这绣得不错啊。"

"绣着玩儿罢了。"

"哦，小时候我妈跟我说过，要娶就娶绣活儿好的姑娘。"

她才发觉自己已经在他的环抱里。她想挣脱，他不让走，那时候是货真价实的生气："苏将军，请放尊重一点！"

"尊重？"

他闻着她头发上的气息："这府里任何一个女人跟爷谈尊重都行，你不行，你是装傻还是真傻？"

她向组织汇报：苏成瑜似乎对我有意。

沈红说：攻下他。

为了战争，她做了太多牺牲，也不差这一桩了。于是后来，他约她去看电影、打网球、跳舞、吃西餐，她都去了。在舞厅里，她腰肢纤软，不堪一握。他抱着她，叼着烟看着她笑，笑得她心虚。

当时的美国留学生，这些东西都应该很熟才对，可是她的心思全在学业和家仇国恨上，并不十分懂娱乐项目。虽然特工培训时熟知了，但还是怕露出马脚来。

"你笑什么？"

"我笑我挺幸运。"

他挨近了她，眼神明亮，嘴里却没有正经："还没有男人碰过你，我知道。"

他对她并未有多热络，但有时候似乎很着迷。一日他们看晚场电影，晚餐都喝了酒，回去的路上下了雨，两人打着一把伞，有一搭没一搭地聊天。

他说："你记不记得，你小时候最喜欢落雨。"

"小时候的事情都记得不太清楚了。"

"可是我记得……那时候下雨，大家都躲在学堂屋檐下，你拉着我，去踩水洼，你说下雨天可以听到神仙说话……"

陆盏音不太喜欢回忆起这些事，只是笑笑："小时候胡闹……"

"那时候我想，我一定要娶你。"

最后一句话，轻得似乎不存在。她惊讶地看着他，此时两人正走到一个角落，他勾起嘴角，拉着她到那个阴暗的角落里，她还没反应过来，他的吻就落下来。

大雨，昏黄的小巷，伞落在地上，他们忘情地接吻。

人生中第一个吻，辗转又缠绵，他的手在她的腰身抚摸，急促的喘息中，她听见他说："我喜欢你，陆盏音，我怎么会这么喜欢你。"

之后的一切似乎都顺理成章起来。

后来，和顾广青的那一仗，他守住了五座城池，却差一点儿全军覆没。而战后的庆功宴上，又突遭暗杀。可谓死里逃生。

她其实非常紧张，因为她不知道是不是她们的人，也不知道他会不会怀疑自己。

那是半夜，他穿着血迹斑斑的军服回到家，径直朝她走来。她已经做好了鱼死网破的准备，却被他一把扛在肩头，穿过院落和走廊，然后摔在他的床上。

他哭了，有冰凉的东西落在她面庞上。

他是在尸山血海里打拼过的人，泰山崩于前而色不变。

"我害怕了……我害怕我这辈子，来不及娶你。"

13

"查得怎么样？"

"报告将军，经调查，一个月前陆家老宅确实出现一名身份不明的女子，自称陆家小姐，后乞讨来湖城，和陆盏音所说的时间基本一致。"

苏成瑜沉默了很久，才道："知道了，你下去吧。"

前方战事告急，苏成瑜走得很匆忙。

他把破布一样的陆盏音拎回来，往房里一扔，就再也没吩咐什么。还是李嬷嬷踮着小脚，四处取药给陆盏音上。

"你别怨他，若不是当时被你伤得狠了，他也不会这样……如果不发发狠，别说外面的人，就是他自己心里也过不去。如今熬过去了，就好好过日子吧。"

李嬷嬷有那个年代女性特有的温柔和软弱，她摸着她的头，像摸莲花一样，陆盏音生得小，又瘦，两个孩子的娘了，仍旧像个小女孩。

陆盏音没有说什么，苏成瑜不在家，她也懒得扮柔弱天真。

14

苏成瑜那顿鞭子，效果立竿见影。整个苏府的人，除了李嬷嬷，没人给陆盏音好脸色，之前的好衣服穿不得了，就给一件粗布褂子，吃的是剩饭加上些菜汁。

陆盏音并不在意，她只是焦躁。在苏府，她暂时安全了，却没有办法和组织联系。苏成瑜看似对她不闻不问，但只要她胆敢踏出门一步，马上就有警卫来询问她。

还好失忆的那招好用，她立刻换上了懵懂无知的样子："阿瑜不许我出门吗？不许就不许吧……那他什么时候回来？我就是有些想他。"

旁人在背后笑她，不知廉耻。

李嬷嬷管着苏府的家用，不能时时刻刻陪着她．一日她在屋里养伤，一块抹布竟兜头扔过来。

"哟，还真把自己当成什么小姐了！成天坐在这儿妖里妖气的给谁看啊！"

陆盏音把抹布从脸上揭下来，她看到一个黄瘦精干的妇人，叉着腰朝她吼。面生，应该是她走之后来的。

"看我做什么？苏府养你白吃饭的？把这儿给我擦干净！听见没有？"

陆盏音脑子飞速转了一圈，压下火气，露出一个怯生生的笑："不知道姐姐要吩咐我做些什么？"

那女人本来有三分心虚，此时变得得意，靠在门边和其他仆人耳语："我说什么来着？被老爷当众抽鞭子的人，你们怕她做什么？！"回头过来，扬着下巴吩咐，"把那阳台的落叶给我扫干净！不扫干净不能吃饭！"

"是。"

陆盏音便撑着病体，拿着扫帚开始扫，那叶子多又脆，底下还有很多小虫子，加上身上有伤，竟是干到天黑才干完。

李嬷嬷发现她在干活，气得要去教训那些下人，她细声细气地拒绝："虽然我不知道我之前做过什么事，但既然阿瑜这么生我的气，我也要拿出些诚意来道歉才行。嬷嬷，扫个地而已，我不累，阿瑜知道我有这份心，比什么都强。"

李嬷嬷便拍着她的手，笑了："我们苏府真的是要过好日子了。"

李嬷嬷为人宽厚慈善，自然不知道这人心是个什么样儿的东西。本来苏府有不少记得陆盏音的旧人，虽然夫人死而复生让人很犯嘀咕，但到底不敢得罪她，可是苏将军在人前那一顿鞭子，外加上一个粗使的仆妇便能让她恭顺做粗活，有不少人便也想踩一脚。不管你是不是夫人，如今被休弃了，踩上你一脚，恍惚中我也是个人上人了。

陆盏音开始被各种各样的人指派，后来连马桶都要洗，她除了干呕了半天，从未有一句怨言，只是她干活总是很慢。

有一天擦楼梯的时候，她突然听见了钢琴声。不过是最普通的《致爱丽丝》，弹得磕磕绊绊的，可是她居然听到怔住了。三条楼梯，她用了一个时辰来擦。

正在擦的时候，一只脚突然踏上来，使劲碾着，钻心地疼，陆盏音没控制住叫了一声。那个黄瘦仆妇气急败坏地骂："你诚心找不自在是吧！都天快黑了！你干的什么活？你这个……"

"对不起，我马上——"

钢琴声停了。

一双穿着棕色小皮靴的脚从楼梯上一步一步走下来。

15

"什么事？"

"没，没，她不好好干活，我说了两句，小姐，您继续去练琴吧。"

"我干什么需要你来指教吗？"莲花穿着欧式白色连衣裙站在那里，明明只有七岁，却像是一个冷漠的大人。

黄瘦仆妇点头哈腰地赔礼道歉："瞧我这破嘴！小姐，您大人不记小人过！"

陆盏音机械地擦着地板，没有抬头。

莲花也没有看她，她叫来了管家，说："管家，这个下人模样丑，心肠恶，我看着十分不喜欢。"

"是，小姐，我这就打发了。"

黄瘦仆妇立刻大呼小叫起来："管家！我这上有老下有小，指着这份工钱过日子，您赶我走就是杀人啊！你可不能听一个小娃的话啊！"

"小姐！你，你还是个孩子你不懂事！这女人她不是你娘！苏将军当着大家伙儿的面都说了……"

莲花本来已经往回走了，闻言又站定："管家，把她捆了。"

"我今天把话说明白一点，这位嬷嬷，还有干活的诸位都听好，我爹爹不在的时候，这府里我和弟弟最大。我们这样的人家，赶走一个下人，我爹爹不会说我半句，你们信不信？"

那仆妇已经被捆了，此时老实得一句话不敢说。

莲花站在高处，冷静淡漠。她过去扶陆盏音起来，然后对噤若寒蝉的众人说："我爹爹怎么着我不管，可是你们让我不高兴，我就让管家赶你们走，明白吗？"

16

陆盏音被莲花牵着回到了她的卧房。小姑娘翻箱倒柜的，最后找到一个药箱。她看着陆盏音，咬咬嘴唇，最后还是说出口："阿娘，我给你上药。"

阿娘这两个字一出口，她自己就红了眼圈。

陆盏音摸摸她的头，第一次没有伪装什么，轻声问："你怎么知道我是你阿娘？"

"我就是知道，我记得你。"

陆盏音哑然失笑，她看着眼前的小姑娘，苏成瑜把她养得很好，穿的用的并非多么花里胡哨，却无端有一种鹤立鸡群的矜贵。她一直避免和这孩子产生感情。避着避着，就算故意想，也想不起这孩子的模样了。

她走的时候，这孩子才两岁。两岁的小孩刚知道叫娘，会拉着她的手指跟跟跄跄地走路。她怀孕的时候，会奶声奶气地跟她肚子里的小孩说话："弟弟乖乖，姐姐给你唱歌听。"

陆盏音要离开的那天晚上，差一点儿被苏成瑜抓住，可那天莲花却难得的闹脾气："阿娘我想和你一起睡，就一次！"

这五年来，陆盏音一直在想，她第二天睡醒了见不到娘会不会哭？

"你父亲把你教养得很好。"

换作是她小时候，也未必有这样的气度。

莲花有些不好意思，一边上药一边说："其实我不厉害，但我要装得很厉害，这样爹爹不在的时候，他们也不敢欺负我和阿檀，现在我还要保护你呀！"

陆盏音笑了，有些心酸。

莲花磨磨蹭蹭地上药，上完了药也不肯走。

"阿娘，你这些年去哪儿了？"她期期艾艾地问，陆盏音没有回答，只是摸了摸她的头。

"你有没有想我和阿檀呢？"不等陆盏音回答，她就自问自答了，"自然是想的……像我想你，总是偷偷哭鼻子。"

她见陆盏音笑着望着她，也咧嘴笑了，然后小心地把自己小小的身体靠进陆盏音怀里。

"阿娘，你这下不走了吧？阿娘，你不用理我爹，我闹一闹，他会心软的，就像他不让我来瞧你，但是我硬和你好，你看那些警卫也不敢拦的。"

陆盏音没回答，只是笑，抱紧了怀里香香软软的小姑娘，笑着笑着眼泪就落下来。

谁都知道,莲花是苏成瑜心尖上的肉。尽管苏成瑜当众折辱陆盏音,并下了命令不让她见孩子。但莲花硬要护着她的阿娘,也没人敢阻拦。毕竟人家父女之间,恼了撒撒娇便好了,惹了小小姐,当下就要被撵出府去。

陆盏音因此不用再干那些粗活儿了,一天大半时间都在陪着两个孩子。

阿檀对她并没有什么感情,只是跟着姐姐罢了。莲花给她看自己攒的糖纸、汽水盖,还有她的花衣裳,一有机会就躺在她怀里撒娇。

大部分时间,她是姐姐,是府里的大小姐,是爹爹不在时家里的顶梁柱。可是看样子,她也只想做个有娘疼、爱哭爱笑爱臭美的小孩子。

"人闲桂花落,夜静春山空。"

苏将军回来的时候,就听见好听的童声跟着一个女声读诗。他看到他的妻子坐在窗前,怀里抱着胖墩墩的阿檀,手里牵着莲花,一句一句地教他们读诗。阳光照在她的脸上,依稀还是那年温柔天真的模样。

17

上一次出现这一家团圆的画面还是在五年前,她生下阿檀,抱在怀里哄,莲花在旁边趴着看。

多子多福是旧年月的传统,可是他在一边看着她们,就想着,这辈子就这娘仨,够了,真的就够了。

后来,一叠一叠的证据放在他案头:她是情报局 25 号小组的特工,做下无数大案,生生扭转了湖城的政治局势。就连怀孕的时候她也在输送着情报……

　　学堂初相逢，她是满月一样的小姑娘。一别许多年，她是清冷优雅的女学生。成婚两年，她是他想要白头偕老的妻子。

　　可是，所有的美丽都是幻象，她是害他差点儿全军覆没、死无葬身之地的恶魔。血液在血管里不停奔涌，他拿着枪回家，踹开门，可是屋里只有吓傻了的李嬷嬷和哭闹的莲花。

　　"夫人……夫人出去了。"

　　"去哪儿了？！"

　　她乔装打扮去了海边，他赶到的时候，夜色苍茫，帆影已远。

　　他被耍了，被耍了整整两年。

　　可笑的是，就是那一刻，愤怒之余，他仍有一丝迷惘。

　　她真的走了吗？不要孩子也不要家了？

　　这些年，他拼了命地工作，为的就是要忘记午夜梦回后咬牙切齿的恨意，忘记那个深夜苍茫的大海，忘记她，忘记曾经那个像傻子一样的自己。

　　他设想了很多次他们重逢的场面。她如何死相凄惨，他如何趾高气扬。可是唯独没想过，她会以这样的样子归来。

　　她什么都不记得了。

　　仍然如年少一般单纯炙热地喜欢他。

　　她抱着孩子，轻声细语地教他们读些可爱的诗。

　　如同他遇到她那天开始的每一个梦。

18

陆盏音身体彻底康复的时候正逢着庙会，苏将军便带着她和两个孩子去了。

苏将军穿着粗布长衣，如同一个普通乡绅，阿檀坐在他肩膀上，快活得不像话，莲花左手拉着他，右手拉着陆盏音，一蹦一跳。

"阿娘！那个小兔子会眨眼睛呢！"

"爹爹！爹爹！我想看猴戏！"

"可以买两个白糖糕吗？我一个，弟弟一个。"

陆盏音笑着，把她护得滴水不漏，看上去只是一个富贵人家的小妇人，心里眼里都是夫君和孩子。

没人能看出她的焦躁。

苏将军这几日似乎待她还不错，虽然自己不跟她说话，但是见她陪着莲花和阿檀，也并未说什么，甚至李嬷嬷叫她夫人，他也不见什么愠色。

只是依旧关着她。

去哪里，做什么，都有警卫跟着，不得半分自由。

只除了这次，大概觉得自己在身边她玩不出什么花样，或是想享受难得的亲子时光。他没有带警卫，闲庭信步地逛着庙会。

她知道，这是她唯一的机会。

"爹爹，我饿了。"阿檀在苏将军肩膀上闹着。

"吃了一肚子零嘴了，饿什么饿？"苏将军恶声恶气地说他。

"爹爹，我也饿了！"莲花摇着他的手，"我想吃馄饨。"

天色已晚，那家馄饨摊开在一个角落里，卖馄饨的是个俊秀的后生，闻言一笑："老爷夫人，要几份？"

"阿娘一份，爹爹一份，我一份，弟弟一份，四份！"莲花竖起四个指头，笑得娇憨可人。

"三份吧，我和儿子吃一份，他那么小个人，吃不了的。"

苏成瑜没有说话，算是默许了。

摊主便笑："这一家子真是恩爱。"

秋日天寒，热馄饨最是暖胃，陆盏音用热毛巾给阿檀和莲花擦了手，便开始吃了。热气腾腾，仿佛太多的寒冷都不存在了，夫妻俩偶尔便也能说上两句话。

"醋瓶递给我一下。"

"仔细点阿檀，都吃撑了还往里塞肉，待会儿得去看大夫！"

吃完了馄饨，小孩子食困，阿檀睡倒在苏将军肩头，莲花也迷迷糊糊的。苏成瑜背过身去付钱，回身就见莲花独自趴在桌子上睡着了。

他推醒了莲花："闺女，要睡回家睡去啊。"

莲花点点头，迷迷糊糊地说："我阿娘呢？"

苏将军用尽了自己最后一点儿气力，温柔地对女儿说："阿娘回家了，你也回去吧。"

19

苏将军叫出暗处的警卫，让他们送阿檀和莲花回去。

他一个人，慢慢地走。

远处的阴云慢慢聚起，要下雨了，商贩都收拾东西走了，只剩下冰冷的霓虹还在闪烁。他去了一家酒楼。平日里，他总是嫌这里的酒不好。

很烈的酒，一口一口入喉，醉醺醺的感觉让整个人暖起来。他好像看到了小时候在雨里跑着的小姑娘，她说下雨天能听到神仙说话。

两人第一次接吻，也是在雨里。阴暗的小巷，天地间仿佛只剩下怀里的她，她哭着，却紧紧地抱着他。

新婚之夜，他依照旧礼掀起盖头，她红衣如画，紧张地绞着手指，喝交杯酒的时候，她说："结发为夫妻，恩爱两不疑。"

他便没有疑过她。这世上，他已经没了所有的亲人，是她为他生儿育女，他才有了一个家。他没有办法不爱她。就算她背叛他、欺骗他、愚弄他……

爹说得没错，他心太软，难成大事。

女人的欢笑声打着旋儿飘远，他也纵声大笑，窗外的雷鸣，一声接着一声。

"我带你回家！"

他揽着一个陪酒的女人，醉眼蒙眬。女人很高兴，能够去将军府过夜，自然是荣光的！也许能捞个姨娘当当也说不定。

苏将军踉踉跄跄地下了楼，秋天的暴雨已经让整个街道变成了河流。苏沉要给他打伞，被他一手拨开。

苏沉急切地上前："将军……夫人在那里……"

苏将军抬起头，就见到了街道对面的女人。

那馄饨摊还开着，马灯在雨中灯影昏黄，她穿着粗布旗袍，浑身湿透，手里抱着一个纸包，哆哆嗦嗦地看着他。

十年前的雨水，二十年前的雨水，在时光深处如同洪流，冲向了面对面的两个人。

20

　　那么漫长，从屋檐落下的雨滴落在灯影缭乱的长街，仿佛用尽了一生的光阴。

　　陆盏音看着苏将军慢慢地走向她。

　　"怎么没走啊？"他说。

　　"我走去哪里啊……"

　　她抬起眼，水流顺着脸颊流下来。她看了一眼那个不知所措的陪酒女郎，努力露出一个笑："我瞧着那边有驴打滚卖，想着你爱吃……可是一回身，你就带着孩子不见了。我找你，没想到你到这里来。

　　"我不知道我曾做错了什么，可是你说错了那便错了吧。我不知道你这样厌恶我，如果知道，我就不来了。明日我就走了，你找个喜欢的人过日子吧，只是不要委屈了莲花和阿檀，也不要……不要糟蹋自己。"

　　她说完，转身就走了。

　　苏将军从后面一把抱住她。流从脸上流下来，也不知道是泪水，还是雨水。

　　"喜欢谁呢？打二十年前，我看你那第一眼，我就没有别人了。"

21

那一夜，陆盏音睡在苏将军房里。

美人乡，英雄冢。

他们第一次就是在这里，陆盏音本来是要挣扎的，可是他抱着她，说："我害怕了，我害怕这辈子来不及娶你。"

那一刻，她心里属于陆组长的部分，仿佛是被施了安眠的咒语，而属于陆盏音的部分苏醒了。她看着他的眼睛，哽咽着说："阿瑜，我这辈子，也只有你！"

就是那一次，他们有了莲花。只是……她心里的仇恨太大了，她没有办法过正常的日子，她必报仇，心里那团沸腾的仇恨才能稍稍熄一会儿。她像是分裂成了两个，一个冷酷无情，一个在面对他时却觉得幸福得要哭出来。他是她喜欢的人，她的良人，她的丈夫，一直都是。

苏成瑜素了很多年，这一次恨不能把她揉进身体里，两个人最后倦极了才洗澡，穿着浴袍，在窗前看着天光一点点亮起。

苏成瑜抱着她，说："以后好好过日子，好吗？"

陆盏音的手指紧紧攥着，指甲深深嵌入肉里。吃馄饨的时候，她用夜香桶传递出去的信息终于有了回应。

"原地待命，随时准备。"是沈红的字迹。

"好。"

她温驯地躲在他怀里，如同任何一个小妻子。苏成瑜摸摸她的头，轻声说："睡吧。"

他们躺下，在黑暗中相拥而眠，他突然说："沈汉之投日才在乱世之中保全了沈家，而如今顾家步步紧逼，我也很艰难。"

她似乎睡着了，只是黑暗中的野兽慢慢张开了利齿和獠牙，安静的房间里只能听见两个人交缠的呼吸声。

　　他侧头看着她，说："但我不想和他一样，生前众叛亲离，死后一身骂名，我会按你之前说的做，赌上我的身家去抗日。若你有一日全都记了起来……"苏成瑜紧紧地抱住她，如同在乱世的洪流之中抱住一根浮木，"也不要离开我。求求你了。"

　　黑暗中，那只毛发耸立、凶残成性的野兽终于慢慢地收起了獠牙。自十九岁以来，它第一次真正地落下泪来。

　　比哪一次都滚烫。

END

😊 NO.5

以木兰之名

♡♡♡

01

公主已经很老了。

曾经最爱的肉肘子已经啃不动了，只能和闺蜜吃些花生糖解闷。

公主一辈子未婚，原因很简单，她太胖了，没人肯娶她回家做夫人。

其实，公主没好意思讲，十六岁的时候，她也有个意中人。

那人也曾说要娶她回家。

公主十六岁的时候，体重就突破了两百斤，皇兄亲自给她取了一个雅致的外号："肉金刚。"

各路臣子生怕皇上把这坨"金刚"搬到自己家，适龄的小公子们一看到公主出行，个个都开始抖腿抠鼻，一度成为京城一景。

公主心宽体胖，并不计较这些，其实她正忙着往嘴里塞肉肘子，一口吃下去，油酥肉软，保管你什么男人都想不起来。

但麻烦并不准备放过她，那一年西北军大捷，皇上大宴群臣，几个世家子弟在御花园里酒后闲聊。

一个说："如果皇上能在那些武将里给公主定下婚事，咱们几个就安全了。"

宰相家的张小公子深深叹了口气，说："是啊，我鼻子已经被抠大了两圈，昨日我爹还骂我没有为国献身的精神，圣贤书都白读了。"

其他人："那世兄你怎么回答的？"

张公子："我表示如果他要我将"肉金刚"娶回家，我立刻为国捐躯。"

彼时公主正在附近的树荫底下乘凉，出去也不是，不出去也不是。只能暗自数数这几个公子九族都有谁，诛起来费不费劲。

这时候，公主头顶的树上传来一个轻飘飘的声音："诸位酒囊饭袋，我瞧公主也未必看得上你们。"

正是杏花开的时候，那少年坐在树杈上，看着他们挑眉一笑。

张公子恼羞成怒，指着他发难："哪里来的贼人！非礼勿听不懂吗！还出言侮辱。"

"贼人？"少年从树上跃下来，几个看不清动作的错身，就把那张公子反剪双手压在树上。

"张公子也习过武吧？就这等身手，还说不是酒囊饭袋？"

周围一阵哄笑，张公子脸涨得通红，却死命也挣脱不开。

"听闻公主三岁能文，六岁能诗，十岁做百寿图为先皇贺寿，如此女子，却让你们这些无能之辈来挑三拣四，你们有什么？无非是家世背景，和生为男子的傲慢罢了。"

少年笑起来时，眉眼生辉，好似骄阳。一松手张公子便一个趔趄摔在地上。

其余人惊怒交加："你到底是何人！"

少年只懒洋洋留下一句话："西北军中的无名之士罢了。"

03

那一晚，公主在铜镜前站了许久，第一次恼恨自己，为何胖得连镜子都装不下。

她找到了那个"无名之士"。这并不难，毕竟生得好看的年轻将领并不多，而且这人也并非无名，参军一年便屡立奇功。

隔了个屏风，她召见了少年。

"那天在御花园，谢公子为我说话。"公主想了半天，才选好话题。

少年沉默许久，正当公主以为他吓破了胆子的时候。他说："早知道公主听到了那些混账话，我该打折他们一条腿才是！"

公主被他逗笑了，两个人便隔着屏风说些闲话，这样洒脱不羁的少年，公主还是第一次见。

最后，公主终于慎之又慎地提出了那个问题。

"公子可愿做我的驸马？"

西北军明日便要再次出征，此战凶险，她不提便没机会提了。

"战场刀剑无眼，公子若是同意，便可留在都城，无须出战了。"

多可悲，公主想，她终究还是要用这样的条件，来留住心上人。

可是少年，仍然是长时间地沉默。

公主心酸地笑了，问："公子可是嫌我体肥貌丑？"

"不不不不。"少年否认得很彻底，"公主性子洒脱，才华横溢，乃天下女子之表率，我怎么会嫌你？只是……"

屏风外，少年挺直了脊背，郑重其事地说："为国而战，是军人的责任，此次出征，若我能活着回来，我便娶你。"

04

西北军出征那天，公主开始减肥。

女为悦己者容，肉肘子也是可以抛下的。公主一天只吃几片白菜叶，脚上绑着沙袋绕着御花园跑。跑一次便在假山上写四个字——"待君凯旋"。

瞧着字，便有力气继续跑了。

西北军苦战两年，偌大一座假山，公主再找不到可下笔的地方。

因士气不振，皇上想御驾亲征，但他尚无子嗣，大臣们不让。

公主："我与皇兄一母同胞，我去吧。"

皇上："你一个女人家添什么乱。"

公主："皇兄你一看就小瞧了我啊……"

最后，公主替皇上去慰问西北军，陪同的正是张公子，临行前，皇上亲切地当着张公子的面把他的九族又数了一遍。

这一走就是两个月，终于走到黄沙漫天的西北军领地。

长公主的到来让全军士气大振，士兵们口耳相传。

"朝廷没有放弃我们！"

"公主来了！此战必胜！"

然而，那么多士兵中，公主没找到她的少年。这就是战争，每天都有无数的少年英才埋骨沙丘。

张公子在一旁小心翼翼地劝："要不先去见一下主帅？"

苦战两年，将军换了几茬，公主掀开大帐的时候，便一眼看见了她的意中人。

少年黑了，壮了，穿着将军的盔甲显得十分英武，笑起来，还是那么神采飞扬。

"公主，你怎么瘦成这样了！"他说，"不过真好看！"。

公主的眼泪夺眶而出，她说："你没死，这真是太好了。"她擦了擦眼泪，"两年，减掉了整整一半的自己，就是为了漂漂亮亮地来问你这句话——你可愿娶我？"

少年一怔，许久才道："抱歉，我不能。"

公主傻了，她做梦也没想过会是这样的答案，她条件反射地开始数少年的九族，却发现她根本不知道少年的全名。

"你全名是什么！"公主正色厉声。

"臣名……花木兰。"

142

05

少年解开铠甲，把公主的手放在他的胸上。

公主：？

少年："不好意思，我忘了我没长胸。"

就算没长胸，外加又黑又瘦，少年也是个如假包换的女人。

"我爹年纪大了，我弟又太小，而我从小就想参军报国，所以征兵的时候，我就来了。"少年说，"出征前你跟我说要我娶你的时候，我都傻了，但你是个好姑娘，我不想你难过。"

公主怔怔地坐在地上，半晌，起身把木兰的佩剑抽出来，抵在她脖颈："你把我当成什么？你把皇家尊严当成什么？"

"我没想过我能活着见你。"木兰说，"我觉得反正我是要战死沙场的，你只需要知道，你是个好姑娘，有个英勇的战士曾想要娶你就好……"

木兰说不下去了，她只能跪在地上磕头："求公主赐我战死！"

张公子扑过去，声泪俱下地哀求："公主三思，三军不可无帅！"

良久，剑被扔在地上，发出清脆的一声响。公主冷冰冰地看着她："死太便宜你了，花木兰，我命你活着，打败柔然，若你敢死，我给你好看！"

06

公主坐在车上，一口一口吃着肉肘子，仍然是油酥肉嫩，却不知道为什么，总吃不出味道。

"皇家尊严不容亵渎，若他肯，便是当朝驸马，若他不肯，立斩无赦！"

这话两年前皇兄就说过一回，公主的两次回答也都一样："你要杀他，先从我的尸体上踏过去。"

皇帝这次叹了口气，说："朕护不住你了。"

西北久战，民间怨声载道，此时敌国通过朝臣提出和谈，条件是：割让两城，出使长公主和亲。

老臣们在殿前跪了一片，求皇上怜悯百姓，结束战争，由张公子为首的年轻臣子跪在另外一边。

张公子是时年状元，脊背挺直，再无半分纨绔之气："要公主委身恶贼，我辈男儿，有何颜面苟活于世！"

这话传到公主耳朵里，她笑笑，说："这人仍是看不起女子啊！"

长生殿前天子震怒，九龙柱下血流成河，而公主仍是嫁了，带着两座城池的嫁妆。

07

敌国的狼主满脸胡子，年纪都够做公主的祖父了，也没有半分行婚礼的意思，只是坐在狼皮椅子上傲慢地瞧着公主，说："那妇人为何不跪！"

公主的红嫁衣在草原的风中猎猎作响，她从来没有像此刻这样美丽过，她说："我乃天家皇室，上跪神明，下跪天子，君乃何人？可受得起我一跪？"

那狼主一个耳光扇过去把公主打翻在地上："你以为你是什么东西！你们那软弱的皇帝迟早也要跪在我的脚下！"

这时候，凌空一箭射来，死死钉在那狼皮椅上。

呐喊声四起，尘土中，一张写着"花"字的大旗，乘着风逼近大帐。

那是三军主帅的姓氏！那是把柔然狼群压制了两年的西北铁骑！

"为了公主！"

为首的年轻将军，举起长刀，愤然而吼。

他身侧是刚死谏完，磕头磕得满额是血的张公子，他亦在马上随军队嘶吼："为了公主！为了公主！"

少年时笑谈，娶肉金刚便是"为国捐躯"，可是战场上的血与尘沙，才让当年的少年真正明白，什么是生死卫国！

"花家小儿！敢来找死！"狼主大怒，操起长刀便大步向外走去。

然而，他走到半路，就发现眼前的视野模糊了。

血，无数的鲜血奔涌而出。

一只长钗，贯喉而过。

那柔弱的公主退后一步，全身已经被鲜血染红，却痛快地笑了。

今以你命，祭我百姓。今以你血，慰我忠魂。

08

公主跟闺蜜说："当时，我原本是要和那狼主同归于尽的，至少也让他知道，我们女人也有利爪钢牙，可没想到，你竟然来救我了。"

花木兰看着天边的暮色，像极了那天血染残阳。

"怎么能不来呢？我当初披上甲胄，拿起长刀，便是希望，像公主这样的人能好好地在家啃肘子。"

公主笑了："好像我瘦这么一回，就是为了让那狼主失去警惕。"

此后痛痛快快地啃了几十年肘子，再也没瘦过。

"天色不早了，我啊，该回了。"

"是啊，张老丞相该急了。"

两个人笑着，蹒跚走进了夕阳里。

"木兰，谢谢你啊。"

"你这老太婆又说怪话，谢我干吗啊？"

谢谢你，让我遇见你，载着荣耀一生孤苦，却甘之如饴。

谢谢你，让我成为我，半世不为任何人而活，做一女子，从容自在。

END

Goodnight

你来人间看一看

NI LAI REN JIAN KAN YI KAN

NO.7

01

凌晨的街边，总会一盏昏黄的灯亮着，灯下有个卖馄饨的少年，馄饨一碗三文钱。

扛包的、卖货的、唱戏的、押镖的……许多人在他摊位上来来回回，一不留神，他就卖了许多年的馄饨。

却没有人发现，他始终是那个年轻英俊的后生，总是笑得温暖，为你呈上一碗热气腾腾的馄饨，这味道，已经一千年没变过了。

偶尔凌晨的雾气中，有些看不清形貌的"东西"来吃馄饨，他们问："后生，你为何总在这里？"

"我在等一个人。"他笑笑，"我在等她回来。"

02

那是个诸神陨落的年代，神仙们还在人间走动，巨大的妖怪从山间呼啸而过，厮杀着争夺地盘，人类便在这样的天下苟延残喘，等一个结局。

抑或是一个开始。

祁朝的小太子便诞生在这个年代，他的祖父有一统中原、彪炳史册的功勋，父亲虽然仁弱些，但到底是个勤政爱民的好皇帝，然而不知是哪路神仙没拜对，一直到了四十岁，才有他这么一个子嗣。

子婴出生那天，下了很大的雨，云中隐有龙形，翻滚不休，"是祥瑞呢！"大臣们都这么说，可是不知道从哪儿来的哭嚎声，如尖锐的爪子，在人心头抓挠出了血痕。

祁太子婴，天生带煞，能招妖鬼。自出生那一日起，来找麻烦的各路厉鬼凶神就没断过。皇宫里养的那些士兵和能人异士早已疲于应付，四十一岁，祁王的头发全白了。

孩子六岁，生得漂亮讨喜，坐在他膝头念书，再聪颖不过了。

他是孩子的父亲，也是天下百姓的君父。

三百岁的国巫临死前，拉着祁王的手道："陛下，咱们不过凡夫俗子，护不住小太子的，您若真心为他好，便为他寻一位师父吧。"

仙踪难寻，那师父该是个威猛又仁慈的大妖怪，能护得住小孩，又不至于有一天饿了，做出对孩子不利的事情来。

于是破天鸣的白於仙君打着哈欠从梦里醒转，便见了一对衣着华贵的夫妇，带着一个乖巧的孩儿站在那里。

"我梦还没醒？"她第一时间想，又吸吸鼻子，不对，梦里可闻不到这么好闻的味道。

这对夫妇带了一车厚礼，想是有高人指点，那厚礼散发着醉人的香味，白於背着手绕着那四头狻猊拉的车转了一圈，舔舔爪子，问："凡人，你要什么？"

鲜少有妖怪修仙道，千年来修仙成了一方霸主的，只有白於一个人，据说，她距离飞升也只剩那么一丁点儿距离了。

这一丁点儿距离，就是她懒。

除非必要地和别的妖争地盘，整日里就是翻着肚皮坐在自家洞府睡得口水直流，"妖"无大志，活一天算一天，因而真有人带了贡品爬上百尺破天鸣山来求她，她还是颇感意外的。

人间帝后此时也不过是对憔悴的父母，姿态放低得不能再低，皇后跪在地上道："仙君容禀，我夫妇成婚多年，只得一个孩子，却不想这孩子，天生煞星，最招妖鬼。仙君如果不帮帮他，他怕是，怕是活不过成年……"

话还未说完，她已经泣不成声，白於最怕女人哭，慌里慌张地挠头道："别哭啦，你再哭，再哭信不信……信不信我跑了！"

皇帝满脸悲戚地接过话茬："今日我夫妇前来，求仙君收我儿为徒，至少让这孩子活到成年，也不枉来人间一趟。"

"收徒？"

白於用后脚挠挠耳朵，好像很麻烦的样子。

皇帝打开车上的箱子，那是各式的糕点和水果。

"这些是给仙君的供奉，如若仙君答应，我必在全国上下为仙君修建庙宇，千秋万代供奉仙君牌位。"

人类的千秋万代在妖怪看来并不值得一提，但是那些供，闻起来倒是很香的样子——白於半仙之体，只能吃供奉的素食，可是她太过懒惰，并未有什么信徒，旁的事情好说，"食"之一字听来就心痒痒。

白於又去看看小太子，这孩子正坐在皇后怀里，伸出小手为母亲擦去眼泪："母亲莫哭。"

她平日里不与妖怪们扎堆，自然不知道这孩子到底犯了什么煞，只觉得山中寂寞，有个乖巧孝顺的徒弟似乎也不错。

更何况，以后还有源源不断的供果吃！

"咳，供奉什么的倒是其次"白於眯起眼睛道，"谁让这孩子跟本君有缘了，这徒弟，本君收了！"

这事儿便这么定下来了，帝后千恩万谢地走了。白於吃够了糕点，在洞府里打了个滚舒服地想睡觉，却见那孩子却睁着水汪汪的眼睛瞧着她。

"你瞧我做什么？"

"师尊，今天你教我什么？"

这声师尊叫得白於通体舒泰，她伸了个懒腰，拎着小孩问："你想学什么？不是吹，上天入地奇门遁甲，没有你师父我不会的！"

小孩想了想，小声道："我想学剑。"

　　"哦？"白於傻乐了一会，看小孩没领会她的幽默，只能讪讪地闭上嘴，"学剑做什么？"

　　"保护父君母后。"小孩伸手揽住白於的脖子，认真道，"也保护师父。"

　　白於笑得打跌，把小孩往天上一扔。

　　"师父才不用你保护，师父是这天下，最厉害的大老虎！"

　　她低头化作原形——最漂亮的雪色巨虎。

　　她把小孩放在背上，快活地带着他乘风飞起来，飞过群山、低谷和蜿蜒的河水。

　　"怕不怕？"

　　"怕"小孩紧紧抓着她的皮毛，却惊奇得瞪大了眼睛。

　　"有师尊在，不怕！"她快活地眯起眼睛，"以后你再也不用怕了。"

03

　　没人想到，那天煞孤星的小太子，竟真的顺顺当当地长大了。

　　其间自然有妖怪来挑衅，于是久而久之，破天鸣有一面山成了妖怪的竞技场。败了成千上万次之后，妖怪们才后知后觉地领悟到，为什么白於看起来懒洋洋的样子，却是唯一一个"差一点儿飞升"的妖。

　　差那一点儿，是差自己心头的一个顿悟，你们这些乡野的妖怪，可是差了她很多点。

　　她折了四方妖主的脊梁，砍了鬼车鸟八个头，最后一次，**饕餮聚**

152

集群妖吞了半个天空的日光，化作火龙朝破天鸣袭来。然后白老虎一口咬成了两半，扑上云头，一爪子摁住了饕餮，扇耳光玩。

自此之后，师徒两个得以过些安稳的日子。

白於得了空闲便睡觉，可是养出来的徒弟偏偏内敛勤奋，子婴每日天不亮便到山崖边吐纳修行，再练两个时辰剑，待沐浴之后，就去叫他师尊起床。

"你烦死了！我起来干什么！又没有什么事情等着我去做！"

白於瞪着又大又圆的眼睛在地上滚来滚去。

子婴性子好，慢声慢语地劝：“师尊，咱们的庙里又进贡了些牛舌糕，你不是很喜欢吗？我御剑拿了来，凉了便不好吃了。”

白老虎这才哼哼唧唧地伸了个懒腰，化作墨纹白衣的女子，睡眼惺忪地由着徒弟为她梳洗。山泉水洗脸很舒服，还要用舌头舔一点儿凉水，洁齿的茶叶籽苦苦的，可她却老是不小心咽下去。

最后对着水面，他为她束发。

白於的人形生了又硬又卷的头发，最不好打理了，可是少年的手总是那么轻巧，乱蓬蓬的头发很快就被梳成了赏心悦目的发髻。

白於最喜欢梳头发啦，梳齿滑过头皮，总是舒服地眯起眼睛，落花浮在水面上，少年瞧着倒影，见她笑，便也露出一个淡淡的笑容来。

在此后，许许多多一个人的岁月里，想到再也没有人给她梳头发了，纵然白於是那样厉害的大妖怪，也忍不住用手爪子捂住脸，呜呜地掉眼泪。

真丢人呐。

那一日，子婴在山巅采药回来，带回了个人来。

那段时间，人间在闹瘟疫。瘟疫传染性极强，许多村庄几日就变成了死地。瘟疫之后便是饥荒，无数病人便被遗弃在山野里等死，子婴带回来的，便是这样一个羸弱的少女。

白於舔着爪子，嫌弃道："你把什么脏东西带回来了。"

"她病得很重，如果我不救她，她会死在那里。"

子婴一边熬着药，一边温声说。

"这天下病得重的人多了，你还能挨个救吗？"

"能救一个是一个吧，再说，我既身为太子，应为万民负责。"

有隔夜的雨水落在叶子上，饱满的一滴，滴落到老虎漂亮的皮毛上，白於停止了舔爪子，歪着头道："你还要当太子吗？你以后，还会当君王吗？"

子婴没有说话，火光映亮了少年那样温润的面容。

白於便有点儿慌，她绕着他走了一圈："喂，你都跟我修仙了，你干吗还要回人间呢！人间有什么好的！就在破天鸣上过日子多舒服呀！"

子婴还没来得及回答，那少女便醒了，茫然地看着他们："这是哪里，你们是谁？"

"你晕倒在路边，我们救你回来了。这是我师父白於仙君，我是她的弟子。"子婴盛好了药递过去，"这是我熬的药，不知是否对症，你且喝一下试试。"

少女先是不可置信，随后坐起来便磕头："多谢仙君！多谢公子！"

"别这样，你快起来。"

白於才不耐烦看人间的客套，她瞧见一只蝴蝶，便伏身扑过去玩了。

想来子婴炼药方面是有些天赋的，没几日那少女的病便好了，因着报恩，便在这里住下了。少女叫琼儿，也是个识文断字的大家闺秀，于是给子婴打打下手，两个人翻着医书，每日里采药熬药再去山下救治，倒也默契。

只是，某只老虎一定要跟着有些煞风景。

她从不帮忙，只是化作墨纹白衣的女孩，冷眼瞧着他们忙碌，偶尔有些病人生了褥疮有些恶臭，她还龇牙咧嘴地抱怨。

回了破天鸣，子婴便有些无奈，问："师尊，你不修行吗？"

"我修行什么？我是最厉害的妖怪。"她还当在自己是老虎的模样，指指额头，"老天爷给封的王字，瞧见没？"

子婴便闭口不言了，用法术点了灯，自己找了书开始研读。

她趴在旁边给他捣乱："你看这些做什么呀？有师尊罩着你，你什么都不用做的。"

灯光下，少年的面庞柔和，笑容却有几分冷淡。

"我和师尊终究是不同的。"

哪里不同呢？她还要追问，琼儿便脆生生地唤起来："公子，这味草药有什么功效？"

子婴便去那边了。

哪里不同呢？她绞尽脑汁地想，想着想着就忘了，然后便睡着了。

等她醒来，发现少年蜷在书案旁边睡着了，春寒料峭，他似有些冷地蜷缩着。

她化作巨大的白虎走过去，用爪子把琼儿拨到旁边，用尾巴把她的小徒弟围在中间，那皮毛那样暖，什么样的寒风都不用怕了。

05

子婴救治瘟疫初有成效的消息传到了都城，不几日，祁王的使臣来到破天鸣下找他。

"听闻太子殿下救治瘟疫极有成效，想是学有小成，不知仙君能否让太子回宫，父子团圆？"

自子婴上山，已经十二年了，这十二年他偶尔在山下走动，却再也未见过父母。

而年复一年，日复一日，从那座皇宫运来精心又厚重的礼品昭示着他的父母从未忘记过他们最心爱的孩子。

"干吗回去！抄一张药方就行了！"

白於表示不满，又转头巴巴地瞧着子婴："你不回去的吧？"

这次子婴却沉默了，他对使臣说："你先回去，容我想想。"

"为什么要回去！"白於拉着他的衣角耍赖，"我待你不好吗？我们日子过得不快活吗？"

不知道什么时候，当初的小团子已经比她高了，子婴无奈地笑道："师尊，我与你不同，人活着，不能只有快活。"

到底哪里不同呢？相伴了十几年，他们第一次吵架——说是吵架，也不过是白於单方面闹脾气罢了，子婴始终像个面对熊孩子的宽厚长辈一样，一言不发。

也不曾妥协。

白於想拂袖而去，却又忍住了，她抱着子婴的手臂，把下巴放在子婴的膝盖上，小声说："如果我求你呢？"

几百年来，她都是那个最骄傲的山大王，只有这一次，她向自己的徒弟低了头。

如果我求你呢，你可不可以不要走。

子婴摸摸她的头，那是他早上刚束好的发，精巧又漂亮，很衬女孩的眼睛。

他叹了口气："不行。"

06

于是某一天，白於直到睡到下午才醒过来，因为没有人叫她，也没有人给她准备糕点，她怀里那个暖了十多年的少年，不见了。

她呆了片刻，心想，不能哭的，她是个厉害的老虎。

像那个少年从来都没有出现过一样，她走到山泉边喝水。

这山泉好苦，苦得她都要掉眼泪了。

而千里之外，都城附近的小城，少年收了剑，一旁的琼儿担心地问她："公子，仙君会不会生气啊？"

他刚御剑了一天，向来白皙的脸也染上淡淡的薄红，笑一笑道："不会的，师尊不会生我的气。"

他以为永远不会。

琼儿便笑了："距离都城还有一天的脚程，我们去那个客栈歇歇吧。"

顺着她的手指，便看见了有些荒凉的街角，一家客栈亮着昏黄的灯，子婴迟疑了一下。

"走吧，公子，我们过去。"琼儿不住地催促。

"好。"

这个时候，突然有梆子声，一个挑着馄饨担子的小贩正好经过，见了两人便亲亲热热地笑了，道："公子小姐，可要来碗热馄饨？"

那年月，专有人半夜摆馄饨摊，为的就是深夜有人饿了，也能热热地吃上一碗，子婴便回头对琼儿温声笑道："饿了吧？我们先吃碗馄饨再来去住店。"

琼儿有些不情愿，但还是点点头，子婴照顾人习惯了，帮着小贩摆好了桌椅，又去端馄饨，然而回过头，琼儿却不见了踪影。

昏黄的灯影下，坐着一个墨纹白衣的女孩，有些不耐烦地用筷子敲桌子。

"师尊？"子婴有些讶异，"你怎么来了？"

"怎么，许你不告而别，就不许我不请自来吗？"

"琼儿呢？"

"我不喜欢她跟着你，就送她回家了。"白於气哼哼地说，像是在耍赖。她又探过头问，"那是什么好东西。"

"馄饨，是荤腥，你不能吃的。"

"谁说不能吃？我偏要吃。"

她端过来，大口大口地吃起来，子婴呆看了她片刻，小心地问："师尊……这是想和我一同回都城吗？"

"人气混杂灵气稀薄的地方，我去了做什么？找死吗？"

她看上去还没有消气，说起话来气哼哼的，子婴笑了笑，将自己碗里的馄饨夹给她。

"你想当王吗？你以后会登基吗？" 她一边吃一边问，就像是寻常的闲聊。

子婴沉默了半晌，点点头。

白於长叹了口气，她放下碗，拿出一柄剑来。

"这是当年四方妖王的妖骨，我拿来制了剑。以后我不能护着你了，你须得自己护好自己，我养了你十年，不能便宜了什么小妖怪。"

她的眼睛又圆又大，倒映着这长夜灯火，倒映着少年错愕的脸。

那把剑灵气纵横，还未出鞘便知道不是凡物，子婴却没有接。白於有些奇怪地看着他，却见那向来清冷矜贵的少年突然伸出手，将她紧紧抱在怀里。

血液在沸腾着，少年几乎要发抖了，这是他这辈子最大胆、最越矩的一次。

"师尊，我——"

白於挣脱开他，似乎有些奇怪他的举动，歪着头瞧了他一会，然后把剑塞在他手里说："子婴，你以后不要那么叫我了？"

"什么？" 子婴尚未反应过来。

"我和你这辈子的缘分已经尽了，你也不用回破天鸣了，" 她很随意地说，"从此之后，我不再是你师尊，以后生生世世，我们再也不会遇到了。"

子婴怔在那里。

这就是妖与人的区别，特别是修了仙道的妖，喜欢是很喜欢，可是她的寿命无穷无尽，他却只有短短数十载，她迟早会遇到更喜欢的，你并不能责怪她将喜欢这样轻易地收回。

因为人类于她，本来就是无足轻重、解闷儿的玩意儿。

她像是说了一句再平常不过的话，低头舔干净最后一点汤汁，眯起眼睛笑起来："真好吃，我走啦！"

子婴匆忙中想拉住她，可是她退后一步，消失了。

静默的长夜，只剩下昏黄的灯光，破旧桌子，还有一碗吃完的馄饨。

07

回到都城之后，子婴先作为太子辅政，后来便登基称帝。

白於仙君的弟子，出生时天降异象的小太子，如同一柄初露风华的剑，清吏治、镇妖邪、拯民生，朝野上下无不肃清。

他登基那一日，天空澄净，万里无云。

此后至他去世，无数巨妖恶鬼被降服，妖族因而绝迹，在后世逐渐变成了止小儿夜哭的传说。

之前和之后，都未有那样强大的人间帝王。

他再也未回过破天鸣，直到八十岁那年，他的寝殿上方，隐有祥云。

那是飞升的征兆，大德之人功德圆满额头便会出现神纹，人间已有几百年未有飞升的人。

耄耋的君王放下了王冠，如同放下了囚禁自己几十年的枷锁。

他走出皇宫，又变回了那个御剑而行的少年，千尺高的破天鸣上是他修行的地方，他的师尊说他是个漂亮的孩子，他想以最好的样子去见她。

人间百年在妖怪们漫长的寿数中犹如沧海一粟，他登上那熟悉的山门，仿佛昨日才离开一样。

"师尊，还没起吗？是子婴回来了。"

"师尊，还生气吗？"他温柔地哄劝，"上次说馄饨好吃，我会做了，此番在人间我学了好多新菜，日后——做给你吃好不好？"

可是无人应他，师尊平日喜欢的地方、吃果子的地方、她捉蝴蝶的地方，通通都蒙上了一层柔软的尘埃，就像那个墨纹白衣的女子，从来没有存在过。

少年的笑容慢慢地消失了，他慌张到处寻找，可是都没有，她不在这里。

太阳下山了，师尊这时候喜欢拉着他说些话，与他玩闹，可是她不在这里了。

子婴失魂落魄地坐在地上。

"你怎么了？"

绛紫色的云霞聚拢在破天鸣之上，云头之中一个声音响起，如暮色中的钟声。

"我做错了事情，我师尊生我的气了。"

"你承天命而生，尊神意，斩妖魔，积万万功德，今可称神。红尘罪孽舍下也罢。"

子婴抬起头，凝望着苍穹问："上天无所不知，可否能告诉子婴，我师尊如今身在何处？"

"她是混沌时生的白老虎，本在一甲子前便可飞升，却沾染红尘，犯下杀孽，很多年她便已堕入轮回。"

云聚了又散，那声音久久的回荡："她早就死了，如今天上地下，再也没有她了。"

08

那个吃馄饨夜晚，子婴一个人坐了许久，才站起身来。

师尊走了，琼儿也不知去哪儿了，那客栈，也没了踪影，他便独自御剑，朝都城飞去。

白於出现在原地，那整个小城的幻影消失了，影影重重，百鬼夜行，琼儿化作一只黑色的巨虎，背生双翅，恶狠狠地盯着她。

"你明明知道，他是妖族命中注定的煞星！等他登基之后，将屠尽天下妖族，你为何还要护着他？"

白於说："你们是一起上，还是一个一个送死呢？"

白虎一爪子将黑虎摁在地上，神色冰冷："我拆了你脊骨的那天便和你说过，再打他的主意我就杀了你，你为什么不肯听呢？穷奇。"

"杀了我？哈哈哈！白於仙君！你修的仙道，你不能杀生！"穷奇啮啮怪笑，"你了不起再拆一次我的脊骨！可是待他登基那天，群妖汇集，你能护得住他吗？他早晚要死！还有你！你也一样要死！"

"我能杀生。"

她的爪子缓缓收紧，一种无形的力量绞杀着一切，穷奇双目暴凸，不可置信地看着白於。

神纹在她额头暗淡，连同那个"王"字一起，她表情却很平淡："我沾了荤腥，犯了杀戒，等同于堕神，堕神的力量很强大，他登基那天，就算群妖来袭，便也能拼最后一把吧。"

"一旦堕神……你死了你就会……永堕地狱……为什么……"

穷奇的脑袋一歪，呼出了它最后一口浊气，入了轮回。

"不为什么，因为我高兴。"

白於说："他高兴，我便高兴。"

祁王子婴登基那一日，万里无云，当然万里无云，因为那是结界，结界之外无数巨妖聚集在云层之上，墨纹白衣的少女，独自一人与他们对峙着。

登基的礼乐响起。

"白於！你真要与我群妖为敌！你就不怕死吗？"饕餮咆哮，却不敢上前。

"别说是你们，就算是大罗神仙，今天敢碰他一下"她平静地说，"你看我敢不敢杀。"

少年帝王在接受群臣百姓的跪拜。

群妖共同撕扯着那巨虎，她发出震耳欲聋的咆哮，挥舞爪子，死死守在那里。

夕阳残血，灯笼一盏一盏在黑暗之中浮起，子婴与群臣夜宴，他的样子高贵又不失礼貌。

妖族的战场，那巨大如山峦的老虎轰然倒下，化作了少女，只是她的白衣，已被鲜血染红，遥遥地，她朝那孩子伸出手，眯起眼睛笑了。

"别怕，有师尊在，你再也不用怕了。"

09

"后来呢？"

修仙道者迷失本心，为天道所不容，永堕地狱不得超生，这是天道，无人能改。

后来，在破天鸣的山巅，少年没有飞升，他转身奔入了地狱。

天命之子，万万功德集于一身，他持剑从十八层地狱一路杀过，最终用血污的手，捧出一只虎灵，放入轮回之中。

下一刻，七十二道天雷加身，神纹炸裂，从此他辗转于红尘岁月之中，再难超脱。

"后来便也没什么了，我开了馄饨摊，在这里等她，偶尔为红尘痴男怨女解惑，妄图积攒些功德，早日见到她。"

夜雾缓缓散去，雾里的神明吃罢馄饨，叹了一声："后悔吗？"

"后悔。"少年一边收拾碗筷，一边轻声道，"后悔我痴心妄想，做她一世徒弟不好吗？妄图更多，妄图被记得，所以才会回去继承王位，妄想以帝王功勋飞升，妄图拥有才会失去，如若不是我，她如今便早登仙籍，把我忘了，活得很快活。"

你总会拥有所爱之人，才是这世间最离谱的谎话。

有些人就是你生命中无福消受的盛夏，你可望而不可即的盛夏。

为自己的愚蠢如此懊悔。

却还在等。

等她有一日归来。

再为她束发。

END

风雪夜故人归
FENG XUE YE GU REN GUI
♪ NO.8

01

祁洲城里有个馄饨摊，摊主是个小伙子，叫子婴，生得干净秀气不说，一手馄饨料足味美，一碗只卖三文钱。

美中不足的是，小伙子只在晚上出摊。二更天出门，五更天便收摊回家，想吃个早饭还得摸黑赶早。

有人问："你老是大半夜出摊，莫不是卖给鬼吧？"

子婴便笑笑，回道："打更的、行脚的、下工的，咱祁洲城什么时辰没人？至于鬼啊……"他一笑，露出唇边的小梨涡，"不做亏心事，不怕鬼敲门。"

说什么来什么，寒冬腊月五更天鬼龇牙的时候，子婴的馄饨摊子便来了一个老头，佝偻着腰，问："给咱来碗馄饨，有干食儿没有？"

"有馒头，一文钱。"子婴利落地给他盛热汤，馄饨雪白，香菜碧绿。

"不爱吃香菜。"老头动着没牙的嘴嘟囔，跟哼哼似的。

"那给您换一碗？"

"不——用。"

夜深雾重，摊子上只有老头儿一个人，絮絮叨叨地在那儿倒苦水："我命苦啊！五岁，我妈就给我扔了……到六十岁，才享了几天福。没活够啊！"

"挺好，后福也是福。"子婴低头擦桌子，冷不丁地一抬头吓了一跳，只见那老头儿站在他跟前，一双老眼直勾勾地盯着他。

"后生，我同你借点东西。"

他的尾音在暗夜里有一种让人毛骨悚然的尖利。

子婴慢慢放下抹布："大爷，我是一个卖馄饨的，没东西借给您啊！"

"你有——"

"借……借些寿数给我，就一点！"

老头儿扑过来，子婴一闪，老头儿就扑倒在地上，张牙舞爪地刚要起身，就被人兜头一巴掌打倒在地上。

"借什么寿数！脑子练傻了吧你！冲撞了奶奶，我剁了你喂狗！"

来人是个小丫鬟，叉着小腰把老头儿骂得狗血淋头。

老头连头也不敢抬，哆嗦着一溜烟就跑了。

"三奶奶，您坐。"丫鬟转身露出一副狗腿相，一边抹桌椅，一边招呼着子婴，"小伙子，上碗馄饨。"

子婴这才看清，那儿还站着个女子，穿着梅子色旗袍，披着件穿云豹的大衣，一脸不耐烦地坐下："你不用跟我在这儿装模作样！当初我离了祁洲城的时候你怎么答应我来着？结果还不到一百个年头，满大街都是借寿的老头儿？"

丫鬟唯唯诺诺地说："三奶奶，真不怪我，都是白家……莫说祁洲城，您瞧那儿东北让他们祸祸成什么样了！"

丫鬟噼里啪啦地说完，才发现子婴仍然站在那里，一动不动。她连忙回身去吼：听不到我说话吗？！来碗馄饨！"

"对不住，马上来。"子婴鞠了一躬，回头去煮馄饨。

没有什么惊心动魄的情节，他只是好好地煮好了碗料足味美的馄饨，端上来递给她。

那三奶奶翘着兰花指，舀了一勺，吹凉了下口。

只这一口，她便抬起头，瞧着那个少年。

冬日严寒中，隔了千年，他与她对视着。

没有破天鸣，没有祁朝，没有呼风唤雨的上古巨妖，也没有师尊和她的徒弟。

只有偶然来吃馄饨的胡三娘子和一位馄饨摊的老板。

"小姐，可是不合口？"子婴平静地问。

她又吃了一口，低头笑了："我听说过你，你给那些痴男怨女们煮馄饨，煮了一千年。奇怪，原来我怎么没遇到过你？"

"想是缘分没到吧。"他从容地一笑，一边擦着桌子一边说。

"没想到你生得这样俊俏……你叫什么名字？"

"我叫秦子婴。"

"娶亲了没？"

"还没。"

"你瞧我怎么样？"她用又圆又大的眼睛瞧着他，似笑非笑。

子婴愣了一下，笑了："你很漂亮……"

这时候，远处传来鸡鸣声，女子抿嘴一笑，在桌上放了块碎银子说道："我叫胡慧娘，我还会来找你的。"

说完她就走了，丫鬟连忙跟上去。

子婴茫然地看着她们的背影，却只能看到一片白茫茫的雾气。

02

自那之后叫胡慧娘的姑娘便常来子婴的馄饨摊。

她看起来不过二十来岁，眉眼天然地带了三分媚气，却有种说不出来的威严，让人不敢在她面前造次。

上了年纪的，便小声地打趣儿："哟，生得好看就是好，小秦老板的炕要暖和了！"

"这是哪家的小媳妇儿，怎么跑馄饨摊来了？"

胡慧娘谁也不理，眉眼盈盈，只盯着子婴瞧。而子婴忙里忙外的，也没见两个人说什么话。

这么着过了几个月，说也奇怪，自她来了，老祁洲城的夜雾都散了不少。夜半就算来个奇怪的客人，也只是默默地吃完就走了。

一直到了除夕那天，大家伙都在屋里守夜，没几个人吃馄饨，她也没来。

然而等鞭炮声稀了，子婴正收拾东西的时候，她却悄无声息地出现在馄饨摊前，倚在桌边轻声道："小郎君，年节时祁洲城不太平，早些收摊回去吧。"

"稍等。"

子婴拿出一个瓦罐,那里面是红枣、枸杞、茯苓、山菌以及一只老母鸡熬成的一罐色香味俱全的汤。之前,这罐汤一直放在小火上温着,现在,汤被推到了胡慧娘面前。

"感谢小姐这些天捧我的场,馄饨吃不饱,这是特地为您做的。"

胡慧娘看着他笑了,坐下来低头用勺子舀着汤,半晌才道:"你怎么知道我爱吃鸡?"

"猜的。"

子婴坐到她对面,冬日苦寒,清瘦的小老板鼻头都是红的,笑容却和这热气一样温柔。

"我这馄饨摊小本生意,人多眼杂的,您以后不要来了吧?"

胡慧娘用小勺子搅着汤,想说什么,又没说出口。

少年又道:"我这些年攒了些钱,不多,您若不嫌弃,把家中地址给我,我选个好日子,上门向您提亲。"

夜,很静,只能听见更鼓声声。

"你知道我是谁吗?"

"你是我喜欢的女人。"

一直都是。

那年月,夜长,梦也长。人们都在梦里,没见到这馄饨摊上的一对璧人——一个穿着青布短褂的少年,一个穿着红色丝绒旗袍的姑娘,隔着一瓦罐鸡汤,默默地互相瞧着。

你是我喜欢的女人。

胡慧娘生来争尖要强,最恨人哭哭唧唧的样子,可是她自己却现下鼻子一酸。好像等这句话，等了许多年。

胡慧娘没有让自己哭出来，这可是她未婚夫呢，哭花了脸，多不好看。

"甭管你多穷，也得用八抬大轿来娶我，我想盖一次红盖头，知道吗？"

"好。"

两个人都笑了，在清寒的天气里，胡慧娘慢慢地喝干净了那罐热汤，站起身来："那我走了。今儿是年三十，十五的时候你在这里等我。我有事要办，办好了，才能清清爽爽地嫁给你"。

子婴什么也没问，轻声道："好，我送你回去。"

胡慧娘"扑哧"一声笑了："你送什么送，我看你真是不知道我胡三奶奶是什么人！"

子婴也笑了，露出唇边的梨涡，却坚持又说了一遍："我送你回去。"

夜深露重，有些魑魅魍魉探头探脑，只看见一个穿着红色丝绒旗袍的姑娘袅袅婷婷地走在路上，而隔了三步远，有一个清俊的少年郎默默护送着她。

"完了完了！我还在那馄饨摊吃过白食！谁知道这是胡三奶奶瞧上的男人。"

"甭慌！这老祁洲城的天不是还没换吗！"

那些碎语夹杂在呼啸的北风中，渐渐地听不见了。

子婴白天收拾屋子，置办一些婚礼用品。晚上照常卖馄饨。

有些人打趣他："小秦老板，是不是要娶媳妇儿啦？"

他便笑笑，道："办事那天，还请您来捧场。"

小秦老板不爱说话，性子一直很温和，却是第一次眉梢眼角都带着笑。

初十那天，馄饨摊上来了一位不速之客，是那天跟胡慧娘一同来的丫鬟。

她偏腿坐在板凳上，抽着旱烟，道："人逢喜事，看秦老板这几日气色不错啊！"

"托您的福。"

子婴递上一碗馄饨，恭恭敬敬。

"呵，你倒是不错，你可知道这城里死了多少妖怪？老祁洲城几百年都没出过这样的事儿了。我们胡家儿郎！啧，可怜！"

子婴收拾东西，没有继续搭话。

丫鬟看着不过十六岁，却一脸沧桑。她上下打量了一下子婴，道："你喜欢她？"

"是。"

"喜欢她啥？长得俊？"

"是。"

丫鬟磕磕旱烟，冷笑了一下："你知道她是什么人吗？百年前胡家的三娘子，你倒是去打听打听！"

"嗯。"

她阴沉沉地盯着子婴："后生，你别瞧她是个狐狸，性子简直是个老虎。她小时候藏了一包点心，被同族找出来踩碎了。好家伙，她从长白山追到山海关，整个东北的仙家差点让她闹了个遍，你想看吗？"

子婴叹了口气，丫鬟怪笑起来："怎么？怕了？"

"我在想，她小时候一定很少吃点心，以后我得好好照顾她。"他一边抹着桌子一边轻声说，"那样就不会为了一口吃的，连命都不要了。"

丫鬟尖声道："后生，你不是凡人，怎么连皮相都看不破！这人间什么美人儿娶不到？真要色迷心窍把自个儿往火坑里送？"

"除了她啊，这世间哪有美人。"少年收拾好东西，清清冷冷地朝丫鬟一笑，"姑娘请便，我走了。"说完，便转身走了。

丫鬟看着他的背影，嗫嚅着说："我得恭喜奶奶……她打小做的梦原来不是发癔症，真有这么个人等着娶她。"

04

十五那天下了一场大雪。北风呼啸，雪花逼得人睁不开眼睛。

在这个鬼天气里，馄饨摊子却照常开了，一点火光映亮了一隅温暖的天地。子婴站在那里，耐心地熬着一锅汤，若是脚冻得麻了，就走动一下。

一更，风声尖利如鬼哭，满城的花灯都摇晃着落在地上，燃起了不祥的鬼火。

三更，黑夜里有什么东西贴着墙根走，竟然是一群小耗子，像人一样排成排，一溜烟儿地往城外跑。

瞧见子婴，有只小耗子居然抬头开了口："后生，甭等了！白家四十八位老仙家合起伙儿来把你那娘子杀了！你快逃吧！"

他平静地摇摇头，给了那小耗子一坨面，小耗子叼着面一溜烟地跑了。

四更，汤煮好了，没有人来。

子婴用小火温着汤，平静温柔，仿佛千年前那个持剑闯下滔天大祸的少年帝王只是幻觉。

他等了一千年，最熟悉不过的就是等待。如果老天爷仍未放过他们，大不了，就再等一千年。

五更，雪终于停了。月光亮得跟洗过一样，子婴慢慢收拾着东西，一抬头，一个窈窕的身影站在那里。

她发髻全乱了，但依然穿着红色的旗袍，裹着一件黑色大衣，倚在摊子边，笑得妩媚，道："那小郎君，给我来一碗馄饨。"

"好。"

白瓷碗装了冒尖的馄饨，也加足了料，有鸡肉、枸杞、蘑菇……

胡慧娘一口一口吃得极仔细。他坐在对面，安静地瞧着她。

待到吃完，她才想起来，不好意思地说："头发乱了，怪不好看的。"

子婴便笑了，说："我为你束发吧。"

他的手艺还是那么轻巧，把她乱蓬蓬的头发梳成了赏心悦目的样式，然后轻轻地插上一朵小花，她舒服地眯起眼睛笑了。

子婴收拾完馄饨摊子，两个人便往回走，走到一半，她便伸出手去，道："手怪冷的。"

他接过来，轻轻握在自己手里。

"办婚事的东西都置办齐全了吗？"她问。

"嗯，"

"我也把咱们日后过日子的地界儿打扫干净了。"

"好。"

他把她的两只手捂在手心，轻轻呵气。

那点热意，缓缓流进她心里。

他们再也不分开了。

五更天，新雪初霁，月光如洗。姑娘和少年拉着手，慢慢地往家走去。姑娘话多，少年话少，只是听她说那些年的往事，眉眼含笑。

"我要请三山六洞的妖怪们来看看！我的小郎君有多俊俏！"

"好。"

"成亲之后，你要天天为我束发。"

"好。"

05

旧年月里的老祁洲城，秦记馄饨极有名。老板是个书生似的俊雅男子，老板娘俏丽泼辣，极会说话，他们的馄饨摊后来变成了馄饨店，一直开了许多年。

三文钱一碗，料足味美，只在夜晚营业。

后来，秦老板和秦夫人去世了，馄饨店也关门了。

只是有传说，若你午夜路过馄饨店的原址，有机缘的话，还能看见一个俊逸少年在为夜归的人煮馄饨，他年轻的妻子笑吟吟地招呼客人，有个梳着双丫髻的小丫鬟，摇着尾巴忙来忙去。

　　你要留神看看，同你坐在一桌的人，是孤魂、夜游神，还是些嘴馋的仙家……

END

NO.9

旧时光奇谈

01

　　那是一个冬天的傍晚，暮色四合，北风凛冽。在这样的天色里，再热的血也会慢慢凉下来。

　　游嵌渊一溜小跑着从酒店里出来开车门，殷勤地说："林总，您跟我客气什么啊，招待您吃好玩好是我天大的荣幸，您慢走。"

　　一群挺着啤酒肚的中年人走出来，林总还拍了拍他的肩膀："你这年轻人不错，后生可畏，后生可畏啊。"

常在酒肉场混的都懂，这话一落地，事情便成了大半。但游嵌渊的笑容依旧克制，叠声道："您过奖，您过奖。"

他是个很好看的年轻男人，在一群油腻的啤酒肚男中尤显得干净出挑。他皮肤很白，头发是栗色的自来卷，笑起来的时候右脸颊有个梨涡，唯一美中不足的是有几分学生气。不过也好，这让他拍起马屁来没那么尴尬。

一辆公交车因为红灯突然停在了不远的地方，游嵌渊在替老板们开车门的空当，漫不经心地抬起头看了一眼，就那么一眼，他像是突然精神错乱，疯了一样开始追那辆公交车。他穿着皮鞋狂奔起来的样子跌跌撞撞，特别可笑。

而在他差一点儿就可以碰到那辆公交车的时候，绿灯亮了，公交车重新起步了。

身后的老板和同事目瞪口呆，谁都不知道这突然的一下是怎么回事。然而游嵌渊一秒钟都没停，继续向前追去，鞋子跑丢了他就光着脚追，玩命儿一样，直到终于跌倒在地上，被赶过来的助理扶起来。

"老大？老大你怎么了？"小方吓傻了，他从来不知道自家老大能跑这么快。

而游嵌渊像一条待宰的鱼，还在挣扎扑腾着想去追，然而强烈的眩晕感让他刚站起来就倒下了。

最后一个意识里，是渐渐暗下去的天色，那辆身披斑斓霓虹的公交车不紧不慢地向前驶去。

在公车的最后一排，站着一个人。

那是一个女孩，她站在那里，一手扶着吊环，一手抱着书，安静看着他，狂奔、跌倒。她都没有任何动作，幽暗的光线下，她站在那里看着他，安静得像一个梦。

02

"老大这是怎么了？"

"你不知道老大是 Z 大的吗？"

"这么厉害啊……等等，跟他是哪个大学的有什么关系？"

"你没听说过 Z 大的伊川河女鬼吗？"

伊川河女鬼的传说，就在这些或真或假的传闻中越发坐实了。如果夜幕时分你恰巧路过伊川河，就可以看到河面漂满了惨白的纸船，都是从 Z 大方向漂过来的，仿佛中元节的夜晚，又壮观又诡异。

然而已经没人记得了，2007 年伊川河女鬼的第一个受害人是游嵌渊。

那时候他比现在还要年轻好看得多，家境富庶，前途一片大好。谁也不知道他怎么会在那个暮晚走向伊川河，更没人知道一个一米八几高的男生为什么会在两米深的河里溺水。如果不是校工及时经过，这位 Z 市最年轻的千万级创业者大概会就这么静悄悄地死去。

这件事在学校里闹得很大，小方是游嵌渊的学弟，自然有所耳闻。见到游嵌渊像中了邪一样狂奔之后，便后脊一阵发凉。怪力乱神他是不信的，可是游嵌渊晕倒之前分明拉着他问："你看到没……公交车上那个女人？你看没看到？"

那辆车已经湮没在黑暗中，就算是视力再好的人也绝对辨不清在那车上的某个人是男是女，所以除了中邪，还有什么别的说法吗？

想到这里，小方斟酌了一下词句，小心翼翼地对游嵌渊说："那个……老大，听说城外寺里有个师傅，挺有本事的……"

此时的游嵌渊已经在医院吊上了水，依然是那个变态工作狂，一边翻着文件一边言简意赅地说："走开。"

03

游嵌渊十七岁就上了大学。

一般年龄这样小一截的孩子不容易合群，但他不同，他天生有种漫不经心的聪明，用某个学姐的话说："他有种你明知道他不靠谱，却忍不住想往他跟前儿凑的人格魅力。"

说这话的学姐是个交际花，和游嵌渊交往了一个月，被甩的时候哭得形象全无，全然没有了女神气场。

一般受女孩欢迎的男生都不太招同性喜欢，可是游嵌渊偏偏在男生群里吃得很开，游戏、篮球、吉他，只要他上手就没有玩不溜儿的，所以他身边总有一群哥们儿前呼后拥，好不热闹。

那时候真的是什么都有了。从不看书，成绩却永远能恰好卡在及格线上的，有各种各样的场子和朋友，还有花不完的零花钱。

有些人好像就是老天爷的亲生儿子，不仅他的人生被安排成度假模式，还生怕他享受得不痛快。

这么顺风顺水的完美大学生活，如果硬要从中找出点瑕疵，就是他大二那年找的那个女朋友。

那是个没有什么特别之处的女孩子，她叫朱珠。

游嵌渊常说："这名起得，跟闹着玩儿一样。"

他们在一起，也跟闹着玩儿一样，连个兆头都没有。他身边最铁的哥们儿都一脸蒙，直到俩人一块儿在食堂吃饭，有人问渊子，这姑娘谁啊？游嵌渊靠在椅背上懒洋洋地答："你说呢？"

彼时那女孩正在为他剔一块鱼肉，闻言就抬头一笑。游嵌渊一张嘴吃掉了鱼肉，含糊不清地答："不是我的妞儿难道是我妈啊？"

满座皆惊，学校的BBS上甚至出现了"有谁知道商院游嵌渊的新女朋友是什么来头"这种帖子，点击率还挺靠前。

后来才知道，这姑娘是计算系的，还是校园广播站的主持人，人长得不算惊艳，声音却甜得能掐出水。听说游嵌渊对长得美的姑娘看腻了，最近喜欢声音好听的，女孩又追得紧，两人才在一起的。

也只有当事人自个儿知道，是他追的她。

那来源于一个赌约。

04

游嵌渊在大学里最好的朋友是楚寒，富二代的朋友自然也是富二代。楚寒跟游嵌渊不一样，家里还真有个重要职位要继承，所以成绩不错，一直是系里的第二名。

第一名一直被那个姑娘占着，听说她每天打好几份工，还做着校园广播站的工作。楚寒这辈子最百思不得其解的一档子事儿，就是她分明也不怎么聪明，怎么就把他碾压得死死的呢？

这情绪日积月累就变成了委屈，人一委屈，就容易冲动。

有一天他和游嵌渊去一个特别有格调的地方吃饭，厉害到什么地步呢？侍应生愣是一个中国字儿都不蹦，全英文！所以薪水也特别漂亮，但那是后话了。

楚寒只记得一抬头，那盘发的侍应生姑娘巧笑倩兮："Are you ready to order, sir？（先生，您准备点菜了吗？）"

一听这声音，两个男生一时间只觉得盛夏的凉风扑面而来，忍不住抬眼看去。结果楚寒一愣，这不冤家路窄吗？

朱珠穿着侍应生的制服，腰肢纤细，全然没有了学校里那种朴素沉静。她化着淡妆，殷勤地朝他们微笑。

一种微妙的感觉从心里升起来，楚寒往后面一靠："小姐，这份餐单我看不懂，可以麻烦你为我们详细介绍一下吗？"

朱珠依旧保持着那程式化的微笑，但是她的英文水平显然对付不了那些复杂食材和烹饪方式，当她说了第五个"em……"的时候，游嵌渊抬起手，叫了那位金发碧眼的领班。

"What's the problem, sir？ Can I be of assistance？"

"一个标榜高档次和高品位的餐厅，服务生却无法简单准确地介绍菜品，而且她的发音是在搞笑吗？"游嵌渊微笑着，用标准的英音说，"说实话，因为这位小姐，我对贵餐厅很失望。"

领班是个看人下菜碟的主儿，看到两位非富即贵，连缘由都没问，马上满脸堆笑地道歉，转过头看朱珠的时候却满面寒霜："You were fired。"

"事实上我也正要走。"朱珠很平静，至少看起来是这样。她对着两位折腾了她整整一个小时的客人微笑，用英文说，"如果有冒犯两位的地方，我向你们道歉。

"但是在我离开之前，我想纠正你们一件事，你们显然觉得，你们来到这里消费，我来这里做服务生，你们高人一等，有对我颐指气使的权利。可是事实上恰恰相反，你们不过是用父母的钱来这里享受生活，而我正在为我的人生负责。"然后她对两个男孩子微微一笑，扬长而去。

回去的路上，游嵌渊倒平静如常，楚寒却一言不发。如果探究他内心的真实情绪，那太过复杂了，总之那个瞬间他觉得自己被深深地羞辱到了。他突然问游嵌渊："你不是说没有你搞不定的妞儿吗？就刚才这个，你行吗？"

游嵌渊看他一眼，笑了："这妞儿？别了吧，掉价儿。"

楚寒拉住他："我说真的，你要是真的追到了她，我给你换个电脑打游戏。你不是嫌现在的电脑卡吗？我给你买'外星人'。"

游嵌渊没说什么，只是奇怪地笑了笑。走了两步，他回头对楚寒说："这可是你说的。"

05

游嵌渊怎么追上朱珠的没人知道，总之两个人很快就出双入对了。没人觉得他们般配，可是两人在一起就是三年。

而在这三年的时间里，吃瓜群众的想法由"为什么游嵌渊怎么还没把这个女的甩了"逐渐转变为"为什么朱珠学姐怎么还在忍这个渣男"。

早晨朱珠晨跑后会去食堂买早饭，然后给游嵌渊送过去，再去打工或者上课。中午的时候，游嵌渊吃不惯食堂的饭，她就给他带自己做的饭。她的手艺特别好，醋熘排骨和鱼香茄子都做得很地道，偶尔还能烤个点心做个面包什么的。

谁也不知道她在哪儿鼓捣出这一盒饭菜的。只知道，游嵌渊吃完抹了油嘴后，她还能再递上一小盒切好的水果。一般是三样，颜色不同，都冰镇好了，看上去水光剔透的。

周末时她总抱着一大堆游嵌渊的衣服去洗，洗完熨得平平整整再拿给他。而不管自己多忙，她还会整理工商管理系的所有笔记。自从他们俩在一起之后，游嵌渊的室友们再也没挂过科。

就这么好的姑娘，游嵌渊还不知道珍惜，平时校园里遇到了，也不见他对朱珠有什么好脸色，反倒是大手笔地给在校园歌手大赛上获胜的那姑娘买了一个百合花车。大三时又跟几个狐朋狗友出去旅行，然后让朱珠帮他写完了大半的论文。

两个人在一起就像是场笑话。而大四的时候，这场笑话戛然而止。

朱珠死了。

谁也不知道她为什么会在大四那么紧张的时候，跑去双月岛旅游——去双月岛要坐快艇从河面上穿过去，谁也没想到会出意外。船翻了，死了三个人，其中一个就是朱珠。

有幸存者说，那个女孩子一直在哭，出事的时候，明明救生圈已经抛下去了，她也没去握，任由自己就那么沉了下去。

06

楚寒去看游嵌渊的时候，他正坐在窗边看企划书。回头看到是他，也没有很惊讶，只是打了个招呼："来了啊。"

这对大学时代的好朋友已经很多年没有联系过了，游嵌渊曾经说过："除非是给我送花圈，要不别来找不自在。"

楚寒也不想见他，毕竟他继承了父亲的公司，而头号竞争对手就是游嵌渊，哪怕是酒桌上打照面，两个人也客客气气装作不熟。

"听说你撞鬼了？"

游嵌渊眼皮都没抬："看来我手底下不少人舌头还挺长。"

"又是你装神弄鬼搞得什么把戏吧？在林总面前上演一出《Office有鬼》，人蠢不怕……"楚寒冷笑，"怕的是又蠢又下作！"

"下作？"游嵌渊冷笑，抬起头看他，"如果我没记错的话，这几年来贵公司的项目已经快被我抢干净了。楚公子这话说得，有点酸吧！"

"你别说这些有的没的，我就问你是不是你装神弄鬼？！"

游嵌渊轻轻抬起头，冷笑："你在怕什么？嗯？你是怕她来找你报仇？那你早该怕了，因为就算她不回来，我也会做，人比鬼可恐怖多了……"

"你和我谁是罪魁祸首，你心里很清楚。"楚寒突然奇怪地笑了，"游嵌渊，没有人逼你。那时候的每一句话都从你嘴里说出来的。是，我当初不该跟你打那个赌。可是我早就劝你分手，你听过吗？！"

"但凡你对她好一点儿，她那样的人都不至于走上绝路，现在你装什么情深义重！可笑！"

游嵌渊"啪"地把手里的企划书扔在他脸上，却仍然在微笑："分手？

分什么手？她爱我爱得死去活来，我为什么跟她分手？！我对她不好又怎么了？我还真告诉你，我爱怎么对她就怎么对她！你管得着吗？

"你看她，都成灰了也要回来找我，为什么呀？她跟你从来就没有半毛钱关系！你再扯什么阴谋诡计都得不到她！永远得不到！"

楚寒目瞪口呆地看着他，半晌，才道："你彻底疯了。"

07

和游嵌渊在一起之后，朱珠进入了他的朋友圈，因此跟楚寒也算相熟。

楚寒也终于知道了她总考第一名的秘密。

"因为穷，"她干脆利落地说，"你一次考不好，可能仅仅是自尊心受到些伤害。而对我来说，拿不到奖学金我很可能就活不下去。置之死地而后生这个道理，没经历过的人是不会明白的。"

那时候是寒假，他们俩在同一个地方实习——他爸的公司。

那时候她的经济状况似乎有所好转，不再忙得像陀螺一样。他只模模糊糊地知道，她是个孤儿，除了学费之外还背着不少债，有个总是要钱的妹妹。

他唯一一次见她生气，就是接妹妹电话的时候。

当时她特别焦躁，在走廊里走来走去，又是威胁又是哀求："为什么总要钱？你不是不跟他们一起混了吗……你听我说，喂？喂？"

其他时候，她总是安静温柔的样子，成熟却不做作，再繁杂的工作她都有办法梳理得妥妥帖帖。公司里的人都喜欢她,觉得她办事利落,说话得体，声音也好听。

与她相比，游嵌渊像个不懂事儿的小孩一样，自以为是，爱发脾气，喜欢捉弄人，对朱珠指手画脚，还总是和其他女生关系暧昧。

大二那年，因为他的无理取闹导致朱珠广播站的工作丢了，但是她对他始终没有一点儿脾气，不管他怎么闹，她都笑眯眯的，丝毫看不出忍耐的痕迹。

"如果是我的话，我肯定会做得比他强多了。"不知从什么时候开始，楚寒总是这样想。

过年前一天，他们在做收尾工作，他站在她电脑旁跟别人说话，不知怎么地就看向了她敲键盘的手。那完全不像是一个年轻女孩的手，很黑，很粗糙，手背上有好几道触目惊心的冻疮。而她似乎并没有感觉疼，仍然飞快地打着字。他看着那双手，不可抑制地心疼起来。

这双手在很久很久之后，还会出现在他的梦里。那时，他的第一反应就是拿起车钥匙跑下楼，开车到商场，买了最贵的手套。想了想，又买了一盒护手霜。他不知道自己为什么这么做，他只知道他不想再让她疼下去了，一秒钟都不行。

可是到公司的时候，正好下班了。他还没进门，就听见游嵌渊的声音——那是他第一次接她下班。

"你怎么回事儿啊？就这破工作做什么做啊？你都不知道我等了你多长时间……"

"马上好了，对不起嘛，外面很冷吗？"

她平时就很温柔，可那是楚寒第一次知道……她可以温柔到那个地步。和游嵌渊说话的时候，她微微仰起头，心无旁骛地看着他，仿佛这世间万物加起来都没有眼前的男孩珍贵。

而对方的回应是甩开她的手，哼了一声："假惺惺！"

这时候有三三两两的同事从他们旁边经过，问她："小朱，这是谁啊？"

她便挽起他的胳膊，微微笑起来："是我男朋友。"

她眼睛里的光，也是楚寒从未见过的。他拿着手套，看着他们经过，看着他们走出公司大门。游嵌渊把她挽着他胳膊的手拿下来，握着拉进自己的口袋里。

他们谁都没有看到他。

在医院楼下，楚寒在车里抽了一包烟才从回忆里挣脱出来，他抹了把脸，满手的泪。

他当然应该落泪，毕竟做贼心虚。

他自嘲地笑了笑，启动了车，还没有一秒他就一脚踩在刹车上，整个身体在惯性的作用下重重地撞向玻璃。

在头晕目眩之际，他看到一个女孩站在医院门口。

那女孩闻声回过头，她的脸在微微暗下来的天色下，朝他微笑。

08

九年前那个深夜，朱珠打工回来的时候宿舍已经关门了，她只能去表妹的出租屋——准确来说，是她替表妹租的房子。

把钥匙插进门锁里的时候，她已经隐隐听见屋里的动静。可是动作比意识快，门已经打开了，屋里男男女女横七竖八地躺着，空气中弥漫着奇怪的味道。

朱珠没有说话，轻轻关上门，走了。

走到楼下，她去二十四小时便利店买了盒烟，就着月光抽起来。她很小就会抽烟，只是怕浪费钱抽得少了罢了，然而现在她太需要用烟雾来驱散些什么。

父母在她高中时去世了，留下一栋房子和一屁股烂债。舅妈收留了她，那是个得了绝症、本就没几年好活的女人。她总是拉着她的手不停地嘱咐："朱珠，你学习好，我走了之后，照顾好你表妹啊。"

舅舅去世之后，表妹就没有再上学了，任舅妈把她打得浑身是伤也坚持要去"混社会"。混了两年没混成什么名堂，舅妈也走了。

葬礼上，表妹回来了，抱着她号啕大哭，说："姐，你说咱俩的命怎么这么苦啊！"

她只是轻轻抱着她，说："姐的命苦，姐不会让你的命也苦，放心吧。"

那时候，加上安葬舅妈的钱，她一共欠了几十万的债，同时到来的还有大学录取通知书。

表妹说："姐，你别上学了，去打工吧。我有路子，来钱快。"

她摇摇头，只说了一句："目光不能那么短浅。"

她在大学做兼职，卖过盒饭，开过小卖部，凡是能赚钱的法子她都试了个遍。

表妹跟着她来到这里，做了几天工，嫌累，就在各种男人之间游走。一说她，她就翻着白眼："你有什么资格说我啊？要不是我妈，你现在就在老家的KTV里，还上大学？做梦去吧！"

然后她就越来越过分，有的时候朱珠回来，总能撞见不同的男人。有的时候她朝她要钱，一要就是一大笔。朱珠问，表妹就翻着白眼说："都是你听了堵心的事。"

她就不管了，要钱她就打过去。

朱珠朝月亮吐了个烟圈，疲倦地笑了笑。

不远处就是伊川河，波光粼粼。每次经过她都想，要是能解脱就好了，可是表妹怎么办？

人最悲哀的不就是这个吗？

朱珠又吐了个烟圈，她突然特别想念游嵌渊。

之前分开的时候，他刚存了一笔钱到她的户头："你们这些穷鬼，也就是爷一顿饭钱的事儿。"

他的一顿饭钱，可以让她这个月活得不那么提心吊胆。其实本质上她和表妹有什么区别呢？都是靠男人罢了。

或许……唯一的区别是，她特别爱他吧。

对她而言，他意味着一种她从来没得到过的生活：干净、温暖、富足。她总纳闷，怎么会有人这样无忧无虑地长大呢？怎么会有人这么理直气壮地活成一个孩子呢？他就像她小时候在玻璃橱窗里看到的那个娃娃，可望而不可即。

但就算买不起，这么看着也觉得幸福。

十九岁的朱珠从来没有想过她会这么爱一个人。

这种感觉以前没有过，以后，也不再有了。

她给游嵌渊打电话，没人接，她想了想，又拨通了楚寒的电话。

楚寒像是喝多了，微微口齿不清："你找……渊子啊？我们不在宿舍，一群人在外面喝酒呢……你要来？我把地址给你，过来找他吧。你总是在找他。"

放下手机，她沿着伊川河畔去找她的爱人。一步一步地，走向那个万劫不复的结局。

那是个做学生生意的小饭馆，她刚想进去，就听见里面的喧闹声，似乎提到了自己的名字。

"至于吗你们，兄弟如手足，女人如衣服，再说就朱珠，长得跟发育不良的猴儿似的。"

"就是，要不是为了打赌，游嵌渊能跟她好？"

"对对对，为了这么个女人，不值当。游嵌渊跟她好是为了什么，不就是为了找乐子嘛。"

"对了渊哥，上回她跟猴儿抢吃的那事太逗了，你再讲一遍。"

游嵌渊的声音传过来，既轻快又活泼。

"别提了，我当时笑得都直不起腰。你们知道吗，她穿的衣服，最贵的三十块，都是在动物园买的。

"上次我们俩去动物园，买了一盒喂猴儿的水果，十五块一盒，后来剩了两块，我说扔了，她愣是不干，居然自己吃了！你们猜她说什么？这可是俩柚子，说扔了就扔了，能行吗？"

众人哄堂大笑。

"眼泪都笑出来了，这得多穷。"

只有楚寒的声音微微有些不悦："我还以为，一开始你是为了那个赌，后来就认真了呢。"

"你跟我开玩笑呢，还是骂我呢？就她，跟我站一起就不搭好吗？我是看她可怜。"

隔着门，她却可以看到他说这话时的神情。歪着头，故作纯良地笑着，露出小酒窝，是她一直喜欢的样子。

原来是这样啊……

朱珠没有去打扰那些快乐的男生，她安静地转身走了，她甚至没有哭。

那一晚，她在伊川河畔过夜。

伊川河幽冷的河水映亮了她的眼睛。她早该想到啊，她和他的一切都应该只是一场交易而已。

可是他那么好，那么干净那么温暖，她不知不觉就当了真。

我本不相信这个世界，可是你为什么要对我笑？

"还能为什么啊？因为我喜欢你呗！哪哪儿都喜欢。"

"有什么了不起的，不就是钱吗？以后我会努力赚钱的，你想要什么咱就买什么。"

"你不用对这个失望对那个失望的，以后你只准看着我，看着我就够了。"

"朱珠，你答应我，你发誓，永远都不离开我，你发誓！"

原来那些爱，那些依赖，都是假的。

09

游嵌渊出院了。

小方来接他，絮絮叨叨地说："游总，既然林总那边都点头了，你就趁此机会歇歇呗，按部就班的活儿我们盯着就行了……"

"那前面儿停一下，"游嵌渊指着前面的烤肉店，"我要吃烤肉。"

小方坐在那里还是觉得做梦一样不真实。

游总这种工作狂，恨不得吃饭的时候手里还拿着报表。烤肉这种费时费力的事情，他从来不碰，更别提这还是一家上不了档次的烤肉店。

"游总，你刚出院，吃这种东西不好吧？"

游嵌渊却是心情不错的样子，把五花肉烤得滋滋作响，蘸上花生碎和泡椒，用生菜包着吃。

正当小方以为他不会说话的时候，他却突然开口了："我女朋友以前特别喜欢吃烤肉。"

小方一句"您什么时候有的女朋友"都快到嗓子眼了，还是忍住没问出来。

"上大学的时候她打工，每次发工资了总要请我吃一顿烤肉。就在我学校门口的烤肉店，就我们两个人，她就这么吃。"游嵌渊示意了一下手里的生菜包肉，"肉都包给我吃，她自己喝大酱汤和白米饭，真的，她特别爱我。"

小方已经觉察出些许古怪，他没有说"我特别爱他"，而是"她特别爱我"。

游嵌渊突然又转了话题说："林总这个案子，咱们得加快了。"

"您不说放长线钓大鱼吗？"

"线太长了鱼就跑了，另外时间不够用了。"

"什么时间？"

"我的时间。"游嵌渊说，"楚寒他们家，现在我让他们两只手也扶不起来了。而我之所以没动他们，是因为我想一步到位，让他们哭都没地方哭。可是现在我只要做到 Z 市第一就够了，毕竟她回来了，我不能让她等太久。"

小方觉得有点崩溃："游总，这个世界上没有鬼……就算有……就算有不也是过去了吗？您那天就是眼花了……"

游嵌渊没理他，自己吃得很开心。在美食的饱足感中，他看见了她，当年的她，穿着黑色连帽衫，坐在他对面，笑起来的时候眉眼弯弯，像个小月亮。

"喂，你怎么不吃啊？"

"肉太多，腻，另外我喜欢看你吃。"

他忍不住笑："不就是一顿肉吗……"想了想，又问，"你有那么喜欢我吗？"

"嗯，特别喜欢你。"

他的心就这么忽悠一声飘上云端了，那么高……那么高，高得不肯下来。

游嵌渊大口大口吃着肉，仿佛对面的女孩还在，喂他一口一口吃。她对他那么好，好到让他得意忘形。他忘记了幸福要藏起来，就像小时候吃糖一样，谁也不给，慢慢吃，就会一直甜。

如果让别人知道了，甜就没有了。

10

临近毕业的时候，寝室的几个男生聚在一起喝酒，不知怎么就提到了以后。

"要说，谁也没有渊哥有福气。"隔壁寝室的"小招风"说，"有个当官的老爹，哪像我们，只能靠自己，前途一片灰。"

"他？我不会管我的。"游嵌渊一仰头灌进一杯酒，见气氛有点冷，就开了个玩笑，"再说了，不行就去捡破烂，咱这条件还能饿死？"

众人一顿大笑，"小招风"趴在他背上，笑嘻嘻地说："你还用得着捡破烂？就算不工作，你那女朋友也会养你啊，要去也是她去捡破烂……"

这话说得有点儿过分，游嵌渊刚要说话，楚寒站起来就一脚踹过去："你嘴放干净点！"

这一下来得突然，"小招风"被踢倒在地上，一脸迷茫地看着楚寒。

众人都连忙拉着："他喝高了别介意啊。"

游嵌渊倒没动，突然笑了："关你什么事啊？'小招风'没说错啊，我女朋友养着我，你有什么意见？"

"你根本配不上她！"楚寒已经喝大了，不知是醉的还是气的，眼睛一片通红，不是别人拼命拉着就扑过去了。

"她自个乐意！我们之间的事儿，用得着你管吗？"

楚寒突然笑了，他挣开别人的手，走到游嵌渊身前。

他比游嵌渊高，此时俯视着他："我还真就管了。你当初追她不就为了好玩吗？你猜她知道了真相会怎么样？还会不会死心塌地喜欢你？"

游嵌渊盯着他，平时伶牙俐齿，此刻一句话也说不出口。

"她背了多少债你心里没数吗？你爸能替她还？还是你？你除了吃喝玩乐还会什么？一毕业她就得去找工作，没准儿还得养你。

"没有钱，会被同事欺负，被上司挤兑，你除了和她无理取闹，你还会做什么？别否认了游嵌渊，你凭什么这么嚣张啊，离了你爸，你什么都不是，你什么都给不了她！"

11

这几天楚寒一直在给游嵌渊打电话，可是他没有接。他沉醉在某种癫狂的情绪里，就像是醉酒之后的狂欢。

每天晚上他都会做梦，梦见很多很多以前的事情。那些本来已经忘记的事情，清晰得就像昨天发生的一样。

大四那年他就是这个状态，他觉得这样没什么不好，她要拉他去伊川河他就去了，从河水里被人救出来的时候，他才恍惚着反应过来。

医生说他生病了，他每天都要吃很多花花绿绿的药片，吃到后来，他梦不到她了。

大四他延迟毕业了一年，没有出国，也没有考公务员，而是直接拿了他爸的一笔钱投资开公司。

也许是他着实有天赋，也许是他爸那些人脉的关系，短短几年他就做到了行业第二——

第一是楚寒家的公司。

他恨楚寒不是没有原因的。

他永远记得九年前，楚寒在酒桌上漫不经心的样子："其实我就好奇了，她到底有什么好的。"

他当时喝多了，也不知道自己在说些什么。

总之，他总喜欢故意损损她。

一开始他们俩在一起的时候，他就总这样。

他也知道不好，有时候说着说着就觉得万一她听到了，绝对会很生气，她那么骄傲的一个人。可是就是忍不住，总是想提起她，又怕别人觉得自己太过在意。

他已经很久不这样说她了，特别是他发现每次回到宿舍吐槽完之后，第二天总那么巧，楚寒就在图书馆、食堂等一切他要赖不陪她去的地方偶遇她，他就闭嘴了。

可是那天晚上，他急于证明自己，证明他根本没有那么喜欢她，自己都不知道自己说了些什么。

然而她听到了。

第二天从宿醉中醒来，手机里就是她发来的短信。

她说：我们分手吧。

这条信息现在还躺在他的手机里，那是她最后留给他的话。

他回短信给她，发了很大的脾气。

你是不是有病？

你发过誓了，说永远不离开我。

为什么不接电话？

196

他不停地打电话，可是电话一直都没有接通。

明明昨天还好好的。

她上班之前，他从背后抱住她，她身上有一种甜甜软软的香气，特别好闻。

"毕业之后，我爸就不给我零花钱了。"他说，"你会不会嫌弃我？我大学就只剩下吃喝玩乐了，我什么都不会。"

"不会，你都不嫌弃我，我干吗嫌弃你呢？"她轻轻地说，"我永远都不会离开你的，我们不是说好了吗？"

于是他被哄得眉开眼笑："没错儿。"他又得寸进尺，"那……那你毕了业，也不能老跟表妹住一起吧？人家也要交男朋友的呀！"

她笑笑，没有再说话。

他也不敢再说些什么了。

可是就一天一夜，什么都没有了。

第二天他在食堂等了很久，他们每天都要一起吃饭的，可是师傅都快下班了她还没有来。他已经吃不惯食堂的饭了，可还是买了一份努力吃完，她讨厌他不爱吃饭，他不想让她不高兴。

他那时候已经想通了是怎么回事，他恨极了楚寒。

可是当务之急还是求她原谅，他可以耍赖，她会心软的，一次不行就两次，他以为他们还有长长的一辈子。

可是没有了。什么都没有了。

两天后，他被叫到教导处。

"联系不上死者家属，这是死者的男友，你们向他了解一下情况吧。"辅导员向两个警察介绍。

他们上前来跟他握握手，然后说："节哀。"

"是这样的，朱珠同学是这次双月岛翻船事故的遇难者之一，现在联系不上她的家属。同学，你平复一下情绪，我们需要向你了解一下情况。"

他大脑有一瞬间的空白，条件反射地努力地微笑了一下，却发现自己根本就不会笑："老师……什么……什么死者的男朋友啊？我听不明白。"

"朱珠同学乘坐的快艇被犯罪分子动了手脚，船翻了，三名游客不幸遇难，就是新闻里的双月岛事件。具体消息请勿传播。"

双月岛事件，不是快艇沉了吗？死了三个人，他看过新闻，可是怎么会是她呢？怎么可能是她呢？

"你们可能搞错了，朱珠她没有去双月岛，双月岛门票很贵，她说要我们毕业旅行的时候一起去。她不会去双月岛的，我们说好以后再去的，她现在可能在打工呢，或者去图书馆了，真的。"

辅导员过来拉他，说："旅游报名是需要提供学生证和身份证信息的，而且受害人体貌特征和朱珠同学基本符合，现在已经确认了她的身份。"

他向后退了一步，下意识地想要扶一下什么东西，却什么都没抓到，重重地跌倒在地上。

"你有那么喜欢我吗？"

"嗯，特别喜欢你。"

"朱珠，你答应我，你发誓，永远都不离开我，你发誓！"

"我不会离开你，永远不会。"

"遇到你之前，除了活下去本身，我没有什么别的梦想。可是遇到你之后，我想有个家。"

她的手指和他的交错在一起，那么真实的体温，那么好看的笑容，他还记得她身上好闻的气息，怎么可能就不在了呢？

他终于懂得了痛。

他蜷缩在宿舍的床上，呆滞地看着天花板，他痛得连眼泪都流不出来了。

他紧紧抱着她，想说没关系，你想要的一切我都会努力做到，你等着我就好了。

我不会再让你失望了。所以不要再哭了，不要再难过了，不要再离开我了。

我们永远在一起好不好？好不好？

可是再怎么用力，他抱着的，只是自己。

12

"你相信这世界上有鬼吗？"

烤肉店里，楚寒问对面的女人。那是个很漂亮的女人，长发及腰，皮肤洁白，有一种素净从容的美。

她摇摇头。

　　"大四的时候，"楚寒突然念叨着，"你知道吗？那时候真的像有一个人拉着游嵌渊的手，把他往河里引。我当时就跟在他身后，可是我不敢救他，我是真的怕了。"

　　路边小卖部的电视机里放着楚氏濒临破产的新闻，两人看了一眼，楚寒只是淡淡地笑了笑，夹了块肉给她，说："别为了这种事影响胃口。

　　"后来他每天都按时坐在食堂，好像旁边有人陪他吃饭，晚上还是要打很长的电话，你不知道他那个样子有多恐怖，就像真的跟人在打电话一样。

　　"后来他爸亲自来接他了，医生诊断说是精神分裂。他爸坐在那儿，一瞬间老了十岁。后来他休学了一年，再回来的时候就办了这个公司。我知道他是在报复我，我不怪他，我甚至可怜他。人总得有点儿念想才能活下去，只是我没想到，他真的成功了。

　　"你知道吗，他直到现在还坚信，她会回来找他。"

13

　　庆功宴之后，办公室里只剩下游嵌渊一个人。他坐在地上，喝着啤酒，满脑子是癫狂的幻觉，但他觉得自己从来没有那么清醒过，冥冥之中，他觉得就是今天了。

　　她会来的。

　　办公室的门真的开了。

　　"你是来带我走的吗？"他醉眼蒙眬，朝那个黑暗中的身影，微笑。

"你想去哪儿？"她摸着他的头，轻声问。

"我想回家。"他说。

他把头枕在她膝盖上，口齿不清："你知道吗？我一直在努力，现在我有很多很多钱，比楚寒有钱多了，我可以替你还债，还可以给你买很多东西。我们的家会很漂亮，你不是还想养只小猫吗？我们买最好的！你高兴不高兴，嗯？"

"你还记得啊。"她缓慢地说。这些都是大学时代，他们在一起时说过的傻话。

他把玩着她的指尖，轻笑："你说的每一句话我都记得。"他终于鼓起勇气问，"你还怪我吗？"

"如果怪你，我就不来了。"她微笑，"我也有错啊，我明知道你是个总胡言乱语的傻孩子，还跟你较真儿。其实咱们在一起四年，我应该明白的。"

她摸着他的脸，一寸一寸："如果我给你一个解释的机会，我们也不会错过这么多年。"

他怔怔地看着她，两行眼泪终于流下来："谢谢你。"

她含泪笑了："你不奇怪吗？我怎么到这里来了？"

他摇摇头："我一直在等，等你来找我。我想亲口跟你说句对不起。我当年就是个没担当的家伙，你不该……"他握着她的手，终于哽咽起来，"你不该那么对你自己。"

她低下头，长长的头发披散下来，罩住他的面孔。

"我们再也不分开了。"

她吻了他，那是一个特别冰凉的吻。

14

楚寒对面的女孩仰头喝下一杯酒，她的眼泪就这么掉下来，猝不及防。

她已经不是当年那个手上长着冻疮，又黑又瘦的小女孩了。

但是她是朱珠。

活着的朱珠。

"那天我听了你们的话，的确有那么几分钟是想死的，我在伊川河畔坐了一夜，凌晨的时候，正好看到街边有个馄饨摊，热腾腾地吃下一碗，就觉得其实也没什么了。后来我就回我表妹那里。那天我们吵架了，吵得很严重，她给我看化验单，她生了病，不知道什么时候感染的。

"我说我会努力赚钱给她治病，求她不要再这么下去了。后来我们都哭了。她给我倒了杯水，说'姐我错了'，我不知道那水里放了安眠药。

"我竟然一直都不知道，她觉得自己这辈子完了，不想再拖累我。临死前，她看到了我买的票——多可笑啊，我攒了那么久的钱，却心心念念地惦记着一个男人。

"我们姐妹俩来到这个城市这么久，从来都没去过双月岛。她大概是想着要去那里看看吧，那时候，我很累，打工疲惫外加情绪崩溃，吃了药整整睡了两天。醒来的时候，才知道'我'死了。

"她就是去寻求解脱的，可是阴差阳错，她拿着我的身份证、学生证，就被当成我了——我们俩本来长得就很像，那个翻船事件很敏感，因此没有披露细节，我就这么死了。

"其实我当时是想说出真相的，可是，我对我自己的人生实在太厌倦了。债务、一败涂地的爱情，我不想永远在泥沼中挣扎。于是，我就拿着表妹的身份证件离开了。

"她只有初中学历，我这些年也活得很艰难。后来因为声音还算好听，做了电台主播，最近才回到这个城市。"

楚寒苦笑："你为什么回来呢？这里这么多麻烦。"

她疲倦地笑了，闭上眼睛："因为我还爱他。

"你喜欢过我吧，楚寒？可是你根本不知道我是什么样的人，他追我的时候，我知道是个赌局。"

"可是那时候，我被每个月的债务逼得都要疯掉了……我知道他是一个有钱人家的孩子，大概一个月的零花钱就够我一年的生活费了。这对我来说，是太大的诱惑。

"那天我把他的礼物还给他，他特别沮丧地低着头不说话。我硬着心肠往前走，走了两步手机响了，是银行的催款短信。于是我回过头，笨拙地朝他笑，问他请我喝杯咖啡好不好。我知道你会看不起我，我也看不起我自己。

"那个时候我就知道，他是一个特别好利用特别好掌握的人。他很小的时候父母离婚了，他妈妈那么宠他，结果却猝不及防地丢下他走了。所以他表面上谁都不肯相信，谁都不在乎，可是我知道，他一直特别渴望爱，'永远在一起'这几个字，对他来说就像咒语一样有用。

"你们觉得我们俩之间，我对他那么好，是我更爱他，其实我只是知道怎么让他离不开我。他需要爱，需要很多很多爱。他没有安全感，他那时候作也好，和其他女生暧昧也好，都是为了试探我，就像小孩哭闹引起大人注意一样，你抱抱他，他就高兴了。

"我不是什么好人，我利用他的心理缺失让他离不开我，因为我需要他的钱。可是后来，我真的爱上他了。

"我一直是个特别可怜的人，自以为清高，其实大家都在可怜我。可能我的潜意识里，就特别渴望能有一个人依赖我也被我依赖。这九年来我也接触过别的人，但是除了他之外，我没爱过任何人。"

说到最后，她已经泪流满面，慌乱地伸手拿起外套："对不起，我要走了，谢谢你听我说这些。"

这就是答案了。

楚寒想起那年，男孩把女孩子的手放进自己的口袋里，两个人就那么从他面前经过，没有人看他一眼。

他们俩之间从来就容不下别人。

15

晨曦初露，阳光把整个办公室映亮。

游嵌渊睁开眼睛，发现自己躺在沙发上，还盖着外套。

旁边趴着的女孩也慢慢抬起头，清晨的阳光下，她的脸干净美好，一如十九岁那年的初遇。 游嵌渊呆呆地看着她。朱珠心想，怎么跟他解释呢？

解释这不辞而别的九年，解释自己的突然回归，解释那个死了又复活的误会。最后她什么都没有说。

因为游嵌渊"哇"的一声哭了，紧紧地抱着她，再也不撒手了。

"我……我做个噩梦，梦里我找不到你。"

那天早来的员工，都有幸听见自家老板毫不注意形象地号啕大哭。

"呜呜，我们再也……再也，不分开了！"

然后是一个很温柔很温柔的女声："好啦，好啦。"

END

番外
猫先生幽灵小姐
和我的日常

01

19 岁那年养的猫，总对我爱答不理。

最喜欢在我睡觉的时候，呲起牙，发出怒气冲冲的呼噜声。

如果我懂猫语，就会知道它对房间里的幽灵小姐说："敢吓到这个胆小鬼，看我不挠死你！"

——《为这个家操碎了心的猫先生》

02

分手之后，男友火速勾搭上了别人，我也想争口气，可是偏偏没有人理。

半夜，幽灵小姐慢慢靠近我。

"咔嚓。"

第二天看到手机上发了一条只限前男友一人可见的朋友圈。

偷拍可爱的女朋友睡觉，比心。

——《戏精幽灵小姐》

03

我走夜路的时候，突然有一个人问我："你怎么总走这么快？"

我说："因为我怕黑啊？"

四下看看，发现没有人，吓得我赶紧跑了。

第二天再走夜路的时候，眼前竟然白了很多，又有一个人问："可不可以走慢一点？"

我很害怕，问："你是谁啊？"

对方羞羞地回答："我是打了粉底液的黑啊。"

——《怕孤独的黑先生》

04

出租屋里遇到了贼。

我说："你别动我的猫，其他的都拿走，没关系。"

贼说："好啊。"

过了几天，贼先生雇了个搬家公司，把我所有的东西都运回来，还非要给我精神损失费。

我大惊失色，认为贼先生一定是爱上了我。

贼先生刚回家，就"扑通"一声跪在地上："家具都还她了，你也该回去了吧。"

"看心情。"

幽灵小姐一边看着快乐大本营一边说。

—《出去度假的幽灵小姐》

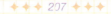

猫和幽灵聊天。

猫先生："你为什么待在这个家不走呀？"

幽灵小姐："那你为什么待在这个家不走啊？"

猫先生："我走了，这个笨蛋养其他猫怎么办……想想就生气。"

幽灵小姐："我走了，这个笨蛋养其他幽灵怎么办……我怕吓到她。"

——《喂，谁是笨蛋啊》

黑先生很喜欢吃雪糕。

为了讨好黑先生，我总在下班的路上买两根雪糕。

可是下班的路越来越吓人。

最后我很生气："喂！过分了吧黑先生。以前只有半条路是黑的！现在整条路都是黑的了！再这样我不从这里走了哦！"

黑先生委屈了半天，这之后再也没吃过雪糕。

问他，他就秀气地摆摆手："雪糕，太容易让人发胖。"

——《减肥的黑先生》

07

我自拍的时候，幽灵小姐总是躲得远远的，因此我只能跟臭脸猫先生合照。

有一天我问幽灵小姐："我拍照的时候，你为什么总躲那么远？是害怕闪光灯吗？"

幽灵小姐怯生生地说："我听说……站远了，显脸小。"

——《心机幽灵小姐》

08

我跟朋友玩真心话大冒险回来，感觉意犹未尽，于是回家跟幽灵小姐、猫先生继续玩，结果幽灵小姐和我输了。

鬼小姐："大冒险！"

猫先生："你去外面给我偷两斤小鱼干回来！"

我："真心话！"

猫先生："哼，懒得问。"

幽灵小姐前脚出门偷小鱼干，猫先生后脚就三步并作两步，跳到我耳边。

"喂，笨蛋。"他居高临下地甩着尾巴，"我是你最喜欢的猫吗？"

——《你说呢？》

09

贼先生在下班路上找我要钱。

我："给我留一份买猫粮的钱，其他的你都拿走。"

贼先生："好的。"一个星期之后，贼先生把所有的钱还给我，还买了很多猫粮。

我："其实我没有男朋友……"

贼先生："我也没有……但这不是重点。"

啊……我才发现，重点是大晚上的，方圆百里之内只有贼先生白闪闪的。

世界上所有的黑在那天晚上联合抛弃了贼先生。

——《背后黑手》

我有了喜欢的男孩子，他是一个很喜欢猫的人。

可是无论他怎么对我的猫先生好，猫先生都坚决不理他，最多闻一下进口猫粮，就竖起尾巴傲娇地走了，理都不理。

我很生气，让幽灵小姐去问猫先生闹什么别扭。

幽灵小姐回来告诉我——猫说："吃人嘴软，万一他欺负那个笨蛋，我挠他的时候不好意思怎么办？"

——《脸皮薄的社会我猫哥》

11

我们这个城市有个抓幽灵的法师，通过各种方式非要见我。

我："见我干吗？是不是想追我！"

法师："你误……"

我："别说了，我懂，毕竟在我这样倾国倾城的女子面前，你很难把持住自己。"

法师："我不……"

我："但是我们无缘，毕竟我注定要做那个淡淡的女子，在风中飘零。"

法师："怎么才能让你相信我对你没意思！"

我："还有，法师收入太低，不符合我择偶标准。"

法师很生气："我三环的房子都付首付了好吗！"

我："要我说实话吗？你长得丑，我不喜欢。"

法师："……女人，如果你这么做是想引起我的注意，那么我告诉你，没门！"

——《霸道总裁法师先生》

12

我还是没能保护幽灵小姐。

法师终于找到了我家，急匆匆地破门而入，跟正给我晾衣服的幽灵小姐打了个照面。

我扑上去一把抱住法师的大腿，不顾他的挣扎，大吼："你别管我，走啊！"

幽灵小姐："我不走我不走！你要抓就抓我！不要伤害无辜的人。"

我撕心裂肺地哭起来："你傻吗？我是人他怎么伤害我！别管你你快走啊！"

一个小时后，道士先生终于插上嘴："先告诉我……厕所在哪儿，你再拽我大腿，我就要尿裤子了！！！"

——《因为内急而私闯民宅的某法师》

13

法师："我有一个问题想问你。"

我："不用问，我不会跟丑男谈恋爱的。"

法师："我哪儿丑！哪儿丑！大家都说我是低配版吴彦祖好吗！"

我："你果然喜欢我！"

法师："我……"

我："给你一个告白的机会。"

法师："……我只是想问你，要不要考虑一下多接收几个幽灵。"

我："哈？你不是本城最有名的法师吗？！"

法师："是啊，所以幽灵捉多了，我、我、我不知道该放哪儿啊！"

——《我有一个法师朋友》

14

贼先生："听说你家来了个法师。"

我："对啊。"

贼先生很高兴："那今天晚上我去你那儿顺点儿东西吧。"

我："好呀。"

晚上，黑暗中锃亮的贼先生来了。

他僵硬地回过头，依旧非常礼貌地问我："你们家不是刚来了法师吗？"

我："对啊，这群打排球的幽灵就是他带来的。你别管那么多了，开始搬东西吧，除了我的猫什么都可以拿走。"

贼先生："不不不不不……"

尽管贼先生这次什么都没偷，但是等他走后，我家里又只剩下幽灵小姐这一个幽灵了。

——《有礼貌的贼先生》

15

因为给法师先生解决了一个排球队的幽灵安置问题，他决定请我吃个全家桶。

我："俩！买俩！一个吃不饱。"

法师先生很惊讶："不是我小气，只是晚上忌讳吃双数的东西你不知道吗？"

我："哈？我……不知道啊。"

法师先生："会发生很恐怖的事情。"

我："我去！会怎样啊？！"

法师先生："……会嫁不出去。"

我：……

——《关于吃东西的忌讳》

16

幽灵小姐意识到人设很重要，如果找不到让大家印象深刻的点，她的戏份就会通通被删光，于是她拿出看家本领——吓人。

幽灵小姐第五十次吐舌头给我看："吓人不吓人？"

我不忍心打击她，摸着她的头说："你这不叫吓人，叫蠢萌。"

猫先生跳出来："不行，这个家里只能有一个萌货，就是我！"

幽灵小姐吐着的舌头还没来得及收回去，就"哇"的一声哭出来："那我岂不是只剩下蠢了？呜呜呜我不要！"

——《人设到底多重要啊》

17

我："喂，幽灵小姐，你不回去看看你的家人吗？"

幽灵小姐："不啦，现在道上堵车，我挤不上去，再说……"

我："恩？"

幽灵小姐："对他们来说我已经过去了，回去看有什么意义呢？"

我："……你不想他们吗？"

幽灵小姐："开始想得脑仁疼，后来就不想了。"

我："为什么？"

幽灵小姐笑得眉眼弯弯："因为我有你们了啊。过去再好，不如珍惜现在。懂得这个，才能做一个好幽灵啊！"

————《一个好幽灵》

上班的时候被老板骂，下班的时候还不幸摔了一跤。

太疼了，我一边掉眼泪一边大叫："黑先生！黑先生！"

黑先生跑过来，很为难："可是我没办法扶你起来，也没办法帮你擦眼泪啊。"

我："你只要紧紧抱着我就可以了。"

于是，没人看到一个倒霉蛋摔得直不起身来。

我躲在浓浓的黑暗中，咧开大嘴痛痛快快地哭了一场。

明天，又是一条高高兴兴的好汉。

————《天黑才敢哭》

入秋了，我总把冬天的被子拿出来晒。

猫先生说我是笨蛋，而且是无可救药的那种。

"难道晒被子不对吗？！"我振振有词。

"哪有大晚上晒被子的！"猫先生很抓狂。

我："我乐意！别人晒太阳，我喜欢晒月亮。"

猫："所以你是笨蛋！超级大笨蛋！"

睡觉前，我从窗口望去。月光下，黑先生们躲在冬天的被子里，在降温的夜里睡得特别香甜。

——《降温的夜晚》

20

猫先生喜欢半夜爬上床睡在我胸口上，所以我总会做逃债之类的噩梦。

这对一个穷人来说太残忍了，于是我恶向胆边生，半夜把猫先生放在柜子里。

结果那天我还是没有睡好。

因为半夜柜子里传来了猫先生的哭声。

幽灵小姐打开门，猫先生惊慌失措地跳出来："我做了个噩梦，梦里那个笨蛋没有心跳了！然后，然后我就找不到她啦！"

我看见猫先生咧开嘴，号啕大哭，赶紧闭上眼睛装睡。

一会猫先生跑过来，连滚带爬地窝上我胸口，抖了好久才安稳地睡过去。

好吧，以后还是我做噩梦吧。

至少我做噩梦不会哭啊。

——《哭鼻子的猫先生》

21

我心情不好的时候，总喜欢吃很多东西——烤冷面啦、肉夹馍啦、章鱼小丸子啦……

今天刚被老板骂，我没带钱出来，一个人在下班的路上徘徊。不知道为什么，平时总过来陪我聊天的黑先生没有出现。

突然有一个卖烧饼的老板招呼我："姑娘，送你个烧饼。"

天啊！有这等好事？

饼被煎得脆脆的，香香的，面上撒满了芝麻，一口咬下去，是白糖的心，又软又甜。

心情一下子变得很好！

于是假装没听到老板小声跟我说："刚才有个小伙子，付了钱，说你吃多少他来结账。"

也假装没看到，被黑先生威胁着的的贼先生。

——《论如何安慰一个吃货》

★ Daily Plan ★

Daily Plan

Daily
Plan

DATE   /   /

☀ 🌙 ⛅ ☁

MON.   TUES.   WED.   THUR.   FRI.   SAT.   SUN.

世界这么大
感谢遇见你

图书在版编目（CIP）数据

向可爱的你投降 / 翎春君 著 .
—武汉：长江出版社，2020.8
ISBN 978-7-5492-7179-5

Ⅰ . ①向… Ⅱ . ①翎… Ⅲ . ①短篇小说 - 小说集 - 中国 -
当代Ⅳ . ① I247.7

中国版本图书馆 CIP 数据核字（2020）第 160402 号

本书由天津漫娱图书有限公司正式授权长江出版社，在中国
大陆地区独家出版中文简体版本。未经书面同意，不得以任
何形式转载和使用。

向可爱的你投降 ／ 翎春君 著

出　　版	长江出版社	
	（武汉市解放大道1863号　邮政编码：430010）	
选题策划	漫娱　李苗苗	
市场发行	长江出版社发行部	
网　　址	http://www.cjpress.com.cn	
责任编辑	罗紫晨	
总 编 辑	熊　嵩	
执行总编	罗晓琴	

装帧设计	赵一麟　李梦君	开　　本	787mm×1092mm　1 ／ 32
特约画手	麦茶喵	印　　张	7
印　　刷	恒美印务（广州）有限公司	字　　数	153千字
版　　次	2020年8月第1版	书　　号	ISBN 978-7-5492-7179-5
印　　次	2020年9月第1次印刷	定　　价	45.00元